나의 뿌리, 포천에서

출발선에 서다 이중효 에세이

아름다운 공동체를 향한 여정

Over a Wall
Prose
8

나의 뿌리, 포천에서

출발선에 서다 이중효 에세이

아름다운 공동체를 향한 여정

담장너머

진실이 승리하는 세상

누구나 한번쯤 자신이 살아온 삶을 되돌아보는 순간이 온다.

어느덧 60대 중반에 들면서 나는 실타래를 감듯 지나온 시절을 차분히 되돌아보았다. 그리고 이제는 내 머릿속에 있는 기억들을 하나하나 끄집어내어 기록해도 좋지 않을까 생각했다. 어느덧 60대라는 나이가 주는 중압감이 잠들어 있던 정신을 깨운다. 지금까지 살아온 인생보다 앞으로 살아갈 인생이 짧을 것이다. 60대, 이제는 서서히 저물어가는 황혼의 길목에서, 차분히 과거를 되새기며 새로운 앞날을

설계할 때가 아닌가 싶다. 아무것도 하지 않으면 아무 일도 일어나지 않는다. 2021년 지금 나는 뭔가를 해야만 했다. 그것은 내 지난 삶을 기록하는 일이었다. 내가 살아온 그 모습 그대로, 기억을 되새기면서 더 뺄 것도 없고 더 과장할 것도 없이 덤덤하게 써 내려갔다.

어느 인생인들, 그렇지 않겠느냐만, 나 역시 기쁨과 행복, 슬픔과 아픔이 공존하는, 희로애락의 삶을 살아왔다. 제아무리 잘 살아왔다고 해도, 지나온 시간은 늘 후회와 미련이 남기 마련이다. 겉으로는 그저 평범하고 평온하게 보일지라도, 안에서는 견디기 힘든 시련과 좌절을 겪기도 한다. 나 역시 인생을 살아오면서 처절한 아픔과 시련을 경험하면서, 오랜 숙고의 시간을 가졌다. 아픔은 그저 아픔으로만 끝나지 않는다. 그 아픔과 시련은 나를 강철처럼 단련시키고 반환점을 돌 듯 인생에 큰 변화를 가져왔다. 강물처럼 잔잔히 흘러가는 지난 10년의 세월 속에서 나는 서서히 치유되었다. '인생은 육십부터' 라는 말처럼, 어쩌면 나는 요즘에서야 철이 들고 있음을 느낀다.

내가 어떤 작가나 시인이 된 건 아니지만, 나는 학창 시절 '문학소년'을 꿈꾸며 시와 소설을 쓰기도 했다. 그동안 의정활동과 사회생활로 바쁘게 지내면서도 틈틈이 시를 써왔다. 시를 쓰다 보면 차분히 마음이 가라앉고 심신이 정화되는 느낌이었다. 이야기 중간중간에 그동안 썼던 약 20편의 시를 넣었다. '내 마음은 호수요'라는 말처럼 나는 시를 쓰면서 파란 호수가 되었다. 맑고 잔잔한 호수에서 감성의 물결을 일으키며 한 자 한 자 써 내려갔다. 어쩌면 시는 나의 내면과 영혼을 투명하게 비추는 거울과 같다. 그 내면의 거울을 여러분과 함께 나누고 싶다.

2022년을 앞둔 시점에서 나는 인생의 반환점을 돌고 있다. 12년간 의정활동을 하면서 가졌던 초심, 시민의 과분한 사랑을 받으며 지역의 일꾼으로 살아왔던 지난 시절을 돌아보면서, 지금 시점에서 무엇을 해야 할지 고민하고 있다. 그러면서 내가 갖춰야 할 자질, 그리고 세상의 모든 사람이 가져야 할 도리에 대해 생각한다. 그것은 선한 마음과 양심, 두 가지이다. 모든 사람이 최소한의 양심을 갖고 살아간다면 그 사회에는 거짓이 판치지 못한다. 우리 사회를 올바르게 잡아가는 것은, 결국 '진실'이다. 나는 '진실'이 승리하는 세상이 되기를 소망한다.

60대 중반이 돼서야, 지금까지 살아온 인생을 진솔하게 써 내려갔다. 나의 이야기를 읽고 단 한 사람이라도 작은 교훈을 얻는다면, 저자로서 큰 영광이자 기쁨이 될 것이다.

2021년 끝자락, 서재에서

이중효

여는글 / 진실이 승리하는 세상 _ 4

2부 _ 가정과 아름다운 공동체를 향한 여정

3부 _ 미혼 실 정치 신인에서 연륜의 정치인으로

나의 뿌리,
포천에서 자라난 열망

〉〉〉〉〉〉〉〉

가슴에 손수건을 그대로 단 채, 아침에 걸어왔던 논두렁 십 리 길을 되돌아갔다. 밭을 걷고 아트막한 언덕을
지나 개울가 징검다리를 건너던 길을 똑같이 걸어갔다. 집을 나설 때는 설렘과 기쁨으로 발걸음이 가벼웠지
만, 집으로 돌아갈 때는 발걸음이 무거웠다. 어린 마음에 얼마나 상처가 컸던지, 집으로 가면서 나는 소리 내
서 엉엉 울었다. 내 울음소리는 메아리가 되어 흩어졌다.

빨간 점퍼와 검정 고무신

3월생이었던 나는 7살이 될 무렵에 취학통지서를 받았다. 어머니를 비롯해 온 가족이 기뻐했고, 나는 설레는 마음으로 학교에 갈 날짜를 손꼽아 기다렸다. 생애 첫 입학을 앞둔 나를 위해 어머니는 빨간색 점퍼와 책가방, 운동화를 사주셨다. 내가 자라던 1960년대에는 책가방이라는 것이, '책보'라고 해서 보자기에 책을 싸갖고 다니던 시대였다. 그런데 입학을 앞두고 내게는 어엿한 책가방이 생긴 것이다. 내 책가방은 지퍼가 달린 게 아닌, 커다란 따깨비(뚜껑)를 한 번에 열어 젖혀서 책과 소지품을 넣는 형태였다. 또 당시엔 신발이라고는 거의 고무신이었고 운동화를 신은 사람을 찾아보기 어려웠다. 그 중에도 어머니가 사준 빨간 점퍼는 나이론으로 된 것이었는데, 색상이 빨간색으로 확 튀다 보니 영 마음에 들지 않았다.

"엄마, 나 이거 안 입을래요. 빨간색은 여자들이나 입는 거잖아요 나는 남잔데 빨간색 옷은 싫어요!"

어린 마음에 빨간색 옷을 입으면 혹시 누가 계집애라고 놀리지 않을까 빨간색을 창피하게 생각했다. 그렇게 빨간 점퍼를 안 입겠다고 고집을 피우며 어머니와 실랑이를 벌였다. 내가 살던 집은 상수리나무와 소나무 숲이 우거진 산자락 밑에 자리하고 있다. 그러다 보니 어머니는 집에서 먼 포천 읍내까지 십 리 길을 걸어서 입학식에 입을 내 점퍼를 사 온 것이다. 만약 내가 안 입는다고 하면 다시 읍내까지 가서 바꿔 와야 했다. 결국 나는 어머니의 정성을 생각해 빨간색 점퍼를 입을 수밖에 없었다.

드디어 오매불망 기다리던 초등학교 입학 날이 다가왔다. 그

해 3월 2일, 포천군 군내면 청성초등학교에서 입학식이 열렸다. 아침 일찍 엄마 손을 붙잡고 집에서 학교까지 십 리 길을 힘든 줄도 모르고 신나게 걸어갔다. 새로 산 빨간 점퍼에 책가방을 메고 새 운동화를 신은 채, 가슴에는 하얀 손수건이 달려있었다.

청성초등학교(당시 국민 학교) 운동장에는 올망졸망한 또래 아이들이 초롱초롱한 눈을 반짝이며 줄지어 서 있었다. 엄마와 나도 뒷줄에 섰다. 앞쪽 단상에서 선생님이 입학생들 이름을 한 명 한 명 불렀다. 귀를 쫑긋 세우고 내 이름이 불리길 기다리는데 왠지 느낌이 이상했다. 호명이 다 끝난 듯한데, 내 이름은 들리지 않았다. 이름이 불린 애들은 1반, 2반, 3반, 반을 배정받고 이동하는데 끝까지 내 이름은 불리지 않았다. 얼굴이 노랗게 변한 어머니가 선생님에게 가서 물었다.

"우리 애 이름은 왜 없나요?"

"아이를 데리고 오셨나요?"

"네, 우리 집에 취학통지서가 와서 아이랑 같이 왔습니다. 우리 애 이름이 이중효입니다."

"어쩌지요? 학교 입학명부에는 그런 이름이 없는데요."

"여기 취학통지서가 있는데 왜 우리 아이만 없나요?"

"죄송합니다. 우리 학교에는 명부가 없기 때문에 어쩔 도리가 없습니다. 내년에 다시 오셔야겠습니다."

어머니는 취학통지서를 손에 꼭 쥔 채 선생님에게 사정했지만 "이름이 없어 안 된다."는 말만 들어야 했다. 어두워진 어머니의 얼굴을 본 순간, 내 눈에는 눈물이 그렁그렁 맺혔다. 결국 어머니와 나는 내년을 기약하며 발길을 돌릴 수밖에 없었다.

가슴에 손수건을 그대로 단 채, 아침에 걸어왔던 논두렁 십 리 길을 되돌아갔다. 밭을 걷고 야트막한 언덕을 지나 개울가 징검다리를 건너던 길을 똑같이 걸어갔다. 집을 나설 때는 설렘과 기쁨으로 발걸음이 가벼웠지만, 집으로 돌아갈 때는 발걸음이 무거웠다. 어린 마음에 얼마나 상처가 컸던지, 집으로 가면서 나는 소리 내서 엉엉 울었다. 내 울음소리는 메아리가 되어 흩어졌다. 어머니는 '내년에 다시 오면 된다.'고 나를 달랬다. 입학식을 위해 달았던 손수건은 내 콧물과 눈물을 닦는 용도가 되었다.

그렇게 1년이라는 시간이 훌쩍 지나갔다. 8살이 되던 해에 드디어 나는 청성초등학교 입학식장에 당당히 들어섰다. 1년 전과 달리 단상에서 내 이름을 크게 호명했고 나는 반 배정을 받아 어엿한 신입생이 되었다. 이즈음 지금도 생생한 것은 '검정 고무신'에 대한 추억이다.

1년의 세월이 지나는 동안, 엄마가 입학을 위해 사주셨던 운동화가 어느새 닳고 낡아 버렸다. 사내아이들이 다 그렇듯 산으로 들로 개천으로 빨빨거리고 돌아다니다 보니, 거의 천으로 만들어진 운동화는 새끼발가락 부분이 접혀 금세 뚫려 버린 것이다. 밑바닥이 닳고 뚫어진 이상, 운동화를 더 신을 수 없었던 나는 어머니에게 새 운동화를 사달라고 졸랐다. 당시만 해도 운동화가 매우 귀하고 비싼 물건이었다. 어머니는 내게 남들처럼 고무신을 신고 다니라고 하였다. 그때 상표 이름이 '진짜'라는 검정 고무신이 있었다. 어머니는 어느새 '진짜' 검정 고무신을 사 와서 이걸 신고 다니라고 했다. 이미 운동화의 맛을 알았던 내게 고무신은 시시한 신발이었다. 남들이 부러워하던 운동화를 신었던 내가 갑자기 고무신을 신고 다니려니 자존심이 허락하지 않았다, 또 동네 친구들이나 여자 애들에게 운동화에서 고무신으로 바꿔 신은 모습을 보이기 싫었다. 나는 "고무신 안 신는다."고 강하게 거부했고 어머니와 또 실랑이를 벌였다. 의외로 어머니도 물러서지 않았다. "이 녀석이 버르장머리 없다."고 야단을 쳤다.

학교에 신고 다닐 신발이 없었기에 할 수 없이 그 검정 고무신을 신어야 했다. 그런데 어린 마음에 한 가지 꾀를 냈다. 그것은 검정 고무신을 빨리 닳게 해서 신을 수 없는 상태로 만드는 것이었다. 그러면 다시 운동화를 사달라고 할 수 있으니 꾀를 낸 것이다.

어느 날 검정 고무신을 신고 학교에서 돌아오다가 다리(교량)를 건너게 되었다. 당시에 교량은 지금처럼 정교하게 콘크리트로 만든 것이 아니었다. 교량 길은, 모래와 시멘트 등을 조잡하게 섞어 발라 놓아 평평하지 않고 매우 울퉁불퉁하였다. 나는 교량의 그 거친 면에 고무신 바닥을 연신 문질러 댔다. 얇은 고무 밑창이 마찰에 의해 떨어져 나가고, 결국 고무신 바닥에 구멍이 났다. 집에 가서 의기양양하게 바닥이 뚫어진 검정 고무신을 들어 보였다.

"아이고 이놈아, 일주일 만에 고무신에 구멍이 생기느냐?"

"고무신 신기 싫어서 그랬어요."

나는 사실대로 말했다. 어머니는 호되게 야단을 쳤지만, 결국 아들의 고집을 못 꺾고 운동화를 새로 사주셨다.

유년 시절을 떠올리면, 우여곡절을 겪었던 초등학교 입학과 빨간 점퍼, 검정 고무신이 애틋한 추억으로 남아 있다. 반듯한 점퍼 한 벌 입기 어려웠던 시절, 빨간 점퍼는 그 강렬한 색깔만큼 내게 진한 여운을 남겨 주었다. 또 검정 고무신이 신기 싫어서 꾀를 내고 끝내는 운동화를 얻어냈던 유년의 철없던 내 모습이 지금도 생생하다.

호롱불

문풍지 사이로 새어 나오는
어머니와 나눈 얘기
사랑이었나보다

언제 들어도 정이 넘쳐
추운 겨울 따듯했지

육십이 넘어
그들 그리워
옛집 찾아갔지만

울타리에 까치밥만 매달려 있고
애기꽃 피우던 호롱불 빛은
적막한 과거로 떠나간 것을

아, 어머니! 어머니의 얄궂은 운명

매일 십리 길을 걸으며 통학했던 초등학생 시절, 나는 여느 아이들처럼 밝고 티 없이 자랐다. 그리고 어느덧 교복을 입은 까까머리 중학생이 되었다. 당시 우리 친구들은 행운아였다. 우리 1년 선배들은 진학시험을 보고 떨어지면 재수하여 다음 연도에 입학했는데, 우리부터 교육제도가 바뀌어 무시험으로 중학교에 갈 수 있었기 때문이다. 그래서 1년 선배 중에 떨어졌던 사람들이 우리 동창이 되어 함께 공부를 하게 되었다. 나는 포천중학교에 입학하였고 중학생이라고 크게 다르지 않은 평범한 날들이 흘러갔다. 학교생활에 어느 정도 적응해가던 2학년 2학기, 우리 집에 심상치 않은 기운이 스며들었다. 그것은 마치 체 했을 때의 전조증상처럼 평범한 집안에 어두운 그림자를 드리우게 했다.

언제부터인지 어머니가 식사를 하고 나면 소화가 안 된다고 하였다. 어머니는 식사 후에 속이 꽉 막혀서 답답하다고 했다. 나는 어쩔 수 없이 십 리 밖에 위치한 약국에 가서 소화제를 사 왔고 엄마는 자주 소화제를 먹었다. 당시 포천에는 신광병원과 오성병원, 두 곳의 작은 병원이 있었다. 소화제로 어머니의 증상이 나아지지 않자, 이 병원에서 의사의 처방을 받고 약을 지어 먹곤 했다. 그런데도 증상은 나아지지 않고 오히려 갈수록 심해졌다.

몇 개월이 지난 후에는 급기야 어머니가 음식을 토하기 시작했다. 어머니 몸이 음식을 거부한 것이다. 이 상태로는 더 이상 놔둘 수가 없었다. 결국은 큰 병원으로 가야 했다. 1973년 우리나라에서 가장 큰 병원인 서울대학교병원에 가서 진료를 받았다. 결과는 청천벽력이었다.

우리 가족은 의사에게서 생전 들어보지도 못한 '암'이라는 말을 듣는다. '암'이 도대체 무슨 병인지, 고칠 수는 있는 것인지, 가족과 주변 사람들은 이 병명에 대해 아무것도 몰랐다. 어머니는 '위암' 판정을 받았고 이어서 6개월 시한부 선고를 받았다. 그때 어머니 나이가 마흔두 살이었다. 암이라는 병 자체도 생소했지만, 어머니가 6개월밖에 못 산다는 사실은 큰 충격이었다. 우리 가족 모두 얼이 빠진 채 이 사실을 믿지 못했다.

'아닐 거야, 의사가 잘못 본 걸 거야'

어머니를 위해 가족이 하는 것이라곤, 이렇게 중얼거리는 게 다였다. 대한민국 최고의 병원이지만, 제발 '오진'이기를 바라는 마음으로 한 달 후에 다시 서울 세브란스 병원에 가서 검진을 받았다. 그런데 이곳에서도 똑같이 '위암에 6개월 시한부'라는 판정을 받았다. 더구나 수술을 하더라도 결과는 다르지 않았다. 수술을 하나 안 하나, 6개월밖에 살지 못한다는 것이다. 어머니는 집안에 피해를 주고 싶지 않다며 수술을 안 하겠다고 했다.

독실한 기독교인이었던 이모들은 "엄마를 기도원에 데려가 기도해야 한다."고 해서 어머니는 암 진단 후, 6개월 동안 기도원에 있었다. 그 후 우리 가족은 어디에 좋다더라, 이걸 먹으면 효험이 있다고 하는 민간요법에 의지하게 되었다. 가령, 몇 백 년 된 고택 기와에 붙어있는 이끼를 긁어내 달여 먹으면 효험이 있다는 말을 듣고 이끼를 찾아 나섰다. 문제는 몇 백 년 된 기와집을 찾기가 어려운 것이다. 고심 끝에 집에서 몇 리 떨어진 향교에 들어가기로 했다. 한밤중에 형이 향교에 몰래 들어가 사다리를 놓고 기와에 낀 이끼를 칼로 긁어서 집에 가져왔다. 그 이끼를 녹차처럼 다려서 어머니에게 마시게 하였다.

나는 어디서 거머리가 효험에 좋다는 이야기를 들었다. 예전에는 '골논(골짜기에 있는 논)'이라고 해서 물이 늘 고여 있는 논이 있었다. 벼는 물이 없으면 자라지 못하고 말라죽는다. 쌀이 주식인 우리나라에서 벼농사는 매우 중요하였고, 물이 풍부한 골논에서는 벼가 잘 자랐다. 그런데 그 골논에 거머리가 많이 살았다. 거머리를 들기름에 달달 볶아 가루를 내서 물에 타 마시면 암 치료에 좋다는 말을 들은 것이다.

　　여름철, 학교에 갔다 와서 통조림 깡통을 하나 챙겨 들고 골 논으로 갔다. 논두렁에 앉아 발을 담갔다. 잠시 후, 사람의 피 냄새를 맡은 건지 꼬물거리며 거머리들이 다가와 종아리에 붙는다. 나는 그 거머리를 하나하나 떼어내어 깡통에 담았다. 어린 마음에 징그럽고 무서운 거머리였지만 어머니를 살릴 수 있다면 꼭 해야 할 일이었다. 그렇게 거머리 백여 마리를 잡으면 집으로 돌아왔다. 화로에 숯을 넣어 불을 피우고는 석쇠 위에 프라이팬을 올리고 들기름을 두른다. 꼬물거리는 거머리들을 달달 볶은 후 작은 손절구에 담아 찧어서 그 가루를 물에 타서 어머니에게 마시게 했다.

　　물에 빠지면 지푸라기라도 잡는다고, 우리 집이 딱 그랬다. 지푸라기 잡는 심정으로, 온 가족이 어머니의 병을 고치게 하려고 별의별 방법을 다 썼다. 하지만 효과는 없었고 시간만 야속하게 흘러갔다. 흔히들 '사춘기'라고 하는 중학생 시절을, 나는 어머니의 병을 고칠 생각만 하느라 아무 느낌 없이 지나갔다. 어쩌면 '사춘기'는 나에게 사치였을 것이다. 예측할 수 없는 앞날의 불안감과 절망감이 내 안에 오래도록 잠식하고 있었다. 사랑하는 내 엄마를 잃을지 모른다는 두려움과 공포는 어린 소년이 감당하기는 버거운 일이었다.

어느 날 학교에 갔다 오니, 어머니가 나를 불렀다.

"중효야, 엄마 배 한번 만져봐라."

엄마가 손으로 짚어준, 명치 아래를 만지니 돌처럼 딱딱한 것이 느껴졌다. 어느 날은 다른 자리에 딱딱한 것이 만져졌다. 어머니는 덤덤하게 "이게 옆구리로 왔네." 하였다.

어머니는 날이 갈수록 시든 잎처럼 바짝바짝 말라갔다. 먹는 것마다 토해버리니, 아무것도 먹지 못하였고 때때로 찾아오는 극심한 통증에 낮은 신음소리를 내뱉었다. 결국 뼈만 앙상하게 남은 어머니는 가족과 영원히 작별을 고했다. '암' 이라는 것을 알고부터 시한부 6개월을 선고받은 어머니는 2년간 투병 생활을 하다가, 내가 고등학교 1학년이던 1974년 11월에 눈을 감았다.

빗소리

비가 내린다

내린 비는 나뭇잎에 부딪치고
떨어지는 빗소리
마음은 호수

비가 내린다

내린 비는 지붕 위를 굴러
처마 끝으로 떨어지는
빗방울 소리

비가 내린다

그 소리 들으며
잠이 든다
포근한 엄마 품속 같아

비가 내린다

상과에서 축산과로, 우여곡절 고등학교 입학

어머니의 병세가 깊어가던 중학교 3학년, 나는 고등학교 입학 시험을 준비하고 있었다. 당시 내가 진학하려 한 포천종합고등학교에는 인문계(문과, 이과), 실업계(상과, 축산과)가 있었다. 나는 졸업 후 일찌감치 은행에 취직하려고 상과에 지원하기로 마음먹었다. 그때 상과에 가려면 주산을 필수로 해야 했고, 은행 취직의 합격 커트라인이 주산 2급이었다. 나는 중학교 때 이미 주산 3급을 따놓았다. 자연스럽게 상

과에 지원하고 고등학교 입학시험을 보았다. 당시 학교 건물 벽에 합격자 이름을 써서 발표했는데, 상과 합격자 명단에 내 이름이 있었다.

어머니가 "시험 잘 봤냐?"고 해서 "네, 상과에 합격했어요."라고 말했다. 시험을 치른 후에 겨울방학에 접어들었고, 여전히 어머니의 병세는 나아지지 않았다. 집에서는 내가 합격했다는 것만 알았지, 신경을 쓰지 못했다. 그러던 어느 날 어머니가 "너 학교 갈 준비됐니? 입학금은 냈니?"하고 물어보는 것이다. 나는 "아니오, 아직"하고 머뭇거리니, 어머니는 "왜 아버지가 안 줬냐?" 묻는다.

"아버지가 요즘 정신이 없어서 깜박한 모양이에요."

어머니가 곧장 아버지를 부른다.

"당신, 내가 아프다고 새끼를 망가뜨리려고 해요?" 학비를 언제까지 내야 하는지 얼른 알아봐요."

다음 날 나는 아버지가 주신 입학금을 받아서 포천종합고등학교 서무과에 찾아갔다. 서무과에서 어떻게 왔냐고 묻고, 나는 입학 등록금 내러 왔다고 말했다. 당시 홍 모 서무과장이 어두운 표정으로 말했다.

"미안하게 됐네, 입학 등록이 이미 마감됐다네."

나는 아무 말을 할 수가 없었다.

"안 됐지만, 내년에 다시 시험을 보고 와야겠네."

나는 입학금을 그대로 들고 집으로 올 수밖에 없었다. 울적한 마음을 달랠 겸, 부근의 반월 산을 통과해서 집으로 왔다.

어머니는 나를 보고 "입학하는 데 문제없는 거지?"하고 물었다.

"입학금 납부 마감일이 지나, 내년에 시험을 보고 다시 오라고 합니다."

어머니는 또 아버지를 불렀다.

"이 양반아, 내가 다 죽게 생겼다고, 새끼 인생을 망칠 셈이오?"

아버지는 그때 서야 정신이 번쩍 드는 듯, 어떻게든 학교에 입학할 방법이 없을까 고민하기 시작했다. 우리 집안은 포천에서 대대로 살아왔다. 내 아버지는 포천중학교 1회 졸업생이다. 아버지 후배 중에는 포천종합고등학교에 재직 중인 선생님이 몇 분 있었다. 홍 모

서무과장도 후배 중 한 사람이었다. 아버지는 무작정 학교를 찾아갔다. 그리고는 사정을 이야기했다.

"사실 내 마누라가 '암'인지 뭔지, 듣도 보도 못한 병에 걸려 죽어가고 있는 상태요. 그러다 보니 가족이 아이에게 미처 신경을 못 써서 입학금을 제 날짜에 내지 못했소. 모든 게 제 불찰이오. 아이가 학교에 합격했는데 어떻게 입학할 방법을 찾아주면 정말 고맙겠소."

학교 측은 상과는 자리를 비울 수가 없고, 축산과 자리를 어렵게 마련했으니 입학하라고 했다. 내 입학은 자격상실 뒤의 일이고, 내 의지와는 별개의 문제였다. 그것은 학교 측의 선처였다. 내가 처음에 생각했던 진로와는 다른 방향이었지만 어쨌든 1년을 쉬지 않고 제때 입학하는 것은 매우 다행스러운 일이었다. 어머니도 "일단 입학하고 봐라."고 해서 나는 축산과에 입학하게 된다.

어머니는 그 아픈 와중에도 자식들 교육에 많은 관심과 애정을 가졌다. 내 어머니는 일제강점기에 가평 현리에서 초등학교를 졸업한 것이 전부였다. 어머니 세대는 단지 여성이라는 이유로 제대로 교육을 받지 못했다. 그런 시대적 상황 속에서 어머니는 공부를 계속할

수가 없었다. 지역에서 똑똑하고 공부 잘한다고 소문난 어머니가 초등

학교 공부에서 멈췄으니 그 못 배운 한이 오죽했을까. 당신 자신이 제

대로 배우지 못한 한이 있었기에, 자식들만큼은 제대로 공부시켜야겠

다는 열망이 강했다. 위암 말기, 육체적으로나 정신적으로도 무척이나

고통스럽고, 당신이 다 죽어가는 상황에서도 자식 교육에 애를 썼다.

고등학교 진학 앞두고 '천자문' 독파

우여곡절 끝에 축산과에 들어가게 된 나는 어머니를 생각해서라도 열심히 배우고 공부해야겠다고 다짐했다. 그즈음 어머니는 나에게 "앞으로 사회에 나가면 한문이 꼭 필요하니 한문을 익혀야 한다."고 하면서 "우선 기본적으로 한문 천자 정도는 알아야 한다."고 말했다. 어머니는 입학 전에 시간이 있으니 천자문 한 권을 떼우라고 했다. 하루에 30자씩 쓰면서 외우라는 것이다. 그렇게 어머니의 권유로 천자문을 공부하기 시작했다. 천자문 다음 단계에는 '동몽선습'이 있고, 명심보감, 사서삼경 등으로 이어진다.

말이 쉽지, 한자 천 개를 외워서 쓰는 것은 무척 어려운 일이다. 사람의 기억력은 한계가 있어서 첫날 30개, 이튿날 30개, 셋째 날 30개는 어떻게 외워서 넘어가도, 100개 이상이 되니 계속 외워서 넘어가기가 힘들었다. 옆에서 누가 간섭하지 않으면 쉽게 포기했을 것이다. 그런데 어머니는 지독하게도 아들이 천자문 외우는 것을 감독했다. 아픈 어머니를 실망시키고 싶지 않아서였을까. 나도 독하게 천자문에 매달렸다. 방학 기간 내내, 한자 외우기에 몰두했고 결국 두 달하고 열흘 만에 천자문을 때웠다. 한문 천자를 달달 외우고 쓴다는 것이 결코 쉬운 일은 아니었지만, 어머니 덕분에 나는 천자문을 배울 수 있었다.

우리 세대에서는 그래도 내가 한문을 많이 알고 쓸 수 있다는 자부심이 크다. 모든 것이 어머니의 높은 향학열 덕분이다. 그때 천자문을 외운 덕에 사회생활을 하는 지금도 한문을 유용하게 쓰고 있다. 어머니의 말씀이 맞았다. 천자문을 통해 얻은 또 하나의 성과가 있는데 바로 글씨를 잘 쓰게 된 것이다. 그동안 주변 사람들에게서 글씨를 잘 쓰고 한문을 많이 안다는 칭찬을 들으면서 보람과 함께 배움의 가치를 새삼 느끼기도 했다.

어느 덧 중학교의 마지막 방학을 보내고 드디어 고등학교에 입학하였다. 뜻하지 않게 축산과에 들어갔지만 무조건 열심히 배워야겠다고 생각했다. 하지만 어머니의 병세가 깊어지고 집안에 우울하고 어두운 기운이 여전하면서 나는 어디에도 마음 둘 곳이 없었다. 고등학교 1학년 늦가을, 결국 어머니는 돌아가시고 말았다. 아이러니하게도 어머니가 돌아가신 후 내 학과 성적은 쑥쑥 올라갔다. 만약 내가 공부를 게을리하면, 혹시라도 사람들이 "어미가 죽더니, 공부도 안 하고 방황하네, 애 버렸네."라는 얘기를 할까 봐 겁이 났다. 이런 얘기를 안 들으려고 더 열심히 공부에 매달렸다. 어머니의 죽음은 소년이었던 아들을 방황의 늪에 빠지게 한 것이 아니라, 더 열심히 공부에 매진하는 채찍이 되었다. 어머니의 부재 속에서 지극히 평범한 학생이었지만 당찬 각오로 학습에 열중했다. 그 결과, 나는 축산과에서 늘 상위권 성적을 유지했다.

영농학생회 회장 활동, 노력 끝에 얻은 장학금

축산과에 들어온 이상, 나는 축산 분야에 흥미를 갖고 열심히 배워보리라 각오를 다졌다. 새로운 분야를 배우다 보니, 축산 중에서도 젖소에 관심을 갖게 됐고 나중에는 젖소를 키우는 목장주가 되겠다는 꿈을 키웠다. 그때 우리 학교 축산과에는 실습장이 있었고 농장처럼 젖소 7마리가 있었다. 축산과에서도 분야가 세분화되어 자신이 원하는 실습장에 배치되어 직접 배우고 일하면서 실전 경험을 쌓을 수 있었다.

　　포천종합고등학교 축산과에 다녔을 때 'FFK(FUTURE FARMER OF KOREA)'라고, '한국의 미래 영농학생회'라는 단체가 있었다. 나는 이 영농학생회에서 회장을 맡게 된다. 1970년대 당시는 국가의 여러 분야 중에서 농업의 비중이 상당히 컸다. 국가에서도 미래의 농업을 책임지는 젊은 인재를 장려하고 육성하였다.

　　'FFK'는 당시 경기도 농업계고등학교인 이천농고, 수원농고, 여주농고, 발안농고 등의 학교와 종합고등학교에 농업계가 있는 학교들의 모임이었다. 각 학교의 영농학생 회장은 두 달에 한번씩 학교를 돌아가며 방문한다. 이때 대표 학생들이 모여서 회의와 토론을 하고 연구 발표회를 가졌다.

　　지금도 기억나는 것 중 하나는, 회의 전에 돌아가면서 자기소개와 학교 소개를 하는 시간에 맺었던 인연이다. 보통 소개는 "저는 수원농고 2학년 홍길동입니다. 우리 학교는 30년 역사를 자랑하고 있습니다." 이런 식으로 진행된다. 그런데 한 학생이 "저는 포천군 내촌면에 살고 있고, 광동산림고등학교 회장 OOO이라고 합니다."라고 소개했다. '포천'이라는 말에 내 귀가 번쩍했다. 이 모임에서 유일하게 동향 사람을 만난 것이다. 그 친구는 광릉에 위치한 전국 유일의 임업 전문고등학교에 재학 중이었다. 우리는 같은 고장이라는 공통점으로 금세 친해졌고 친구가 되었다. 그 친구는 현재 농협의 조합장으로 있다.

한편 당시 담임선생님이 양봉을 20통 정도 했었다. 당시 양봉 20통은 상당히 큰 규모였다. 축산과의 여러 학습 과정에서 양봉도 배우게 되었다. 양봉의 여러 기술 중에서 인공으로 로얄제리를 뜨는 법을 배우고, '분봉법'이라고 해서 벌통 하나를 두 개로 증식시키는 방법도 배웠다. 이때 배우고 익힌 양봉 기술을 가지고 경진대회에 나가 우수상도 받기도 했다. 이처럼 고등학생 때 이런 저런 활동을 열심히 하고 대회에서 수상도 하면서 장학금을 받게 되었다. 그때는 장학금을 많이 주지 않을 때였고, 장학금 수여를 전교생들이 모인 자리에서 하곤 했다. 나는 전교생이 모인 조회 시간에 호명을 받고 단상에 올라가 장학금을 받았다. 단상 위에 서서 장학금을 받는 순간, 벅찬 기쁨도 있었지만 아련한 슬픔이 느껴졌다.

  '어머니가 살아계셔서 이 모습을 보았다면 얼마나 자랑스러

워했을까?'

고등학교 때 떠난 좌충우돌 무전여행

우리 조상 대대로 터를 잡고 살아온 고장. 18살이 된 내가 태어나고 자라 온 고향, 포천.

그런데 내가 살고 있는 포천 밖에는 어떤 세상이 있을까? 나는 문득 궁금해졌다. 지금처럼 인터넷도, 휴대폰도 없던 시대, 그 당시 정보를 얻는 곳은 텔레비전 뉴스와 신문, 책이 전부였다. 고교 2학년 때 여름방학을 맞아 친구와 둘이서 무전여행을 하기로 계획한다. 말

그대로 돈 없이 떠나는 무전여행이지만, 나에게는 장학금으로 받은 비상금이 있었다. 이 비상금은 최대한 안 쓰기로 하고, 주로 야영하고 밥 해 먹으면서 무전여행을 기본으로 하기로 했다.

'어디를 갈까?' 고민하다가 첫 여행지로 '아산만 방조제'를 떠올렸다. 당시 '아산만 방조제'가 막 생겼을 때였는데, 연일 뉴스에 크게 보도되었다. 1974년 준공된 아산만 방조제는 충남 아산과 경기도 평택을 약 2km로 연결하고 있다. 제방 위로 도로가 건설되었고 바다와 호수를 동시에 볼 수 있다. 조석간만의 차가 커서 썰물 때 드러나는 갯벌과 함께 붉은 노을이 한 폭의 그림처럼 잘 어우러진다. 주변에는 온양, 도고 온천 등이 있다. 나는 뉴스에서 보았던 '아산만 방조제'의 장엄한 모습을 직접 가서 보고 싶었다. 그리고 부근의 온양 온천에서 난생처음 온천욕도 해보고, 천안 삼거리에 능소 버들이 많다는데 그것도 보고 싶었다. 그리고 교과서에서 본 공주 무령왕릉과, 부여의 백제 유적지를 거쳐 마지막으로 전북 무주 구천동까지 갔다가 오기로 코스를 잡았다.

드디어 여행을 떠나는 날 아침, 무전여행의 필수품인 텐트와 버너, 코펠 등을 챙겨 커다란 배낭을 메고 출발했다. 둘이서 버스를 타고 첫 코스인 '아산만 방조제'에 도착했다. 내 고향에서는 보지 못하는 파란 바다가 눈앞에 펼쳐지니 가슴이 뻥 뚫리는 기분이었다. 실컷 구경하고 난 후, 평택 쪽 방파제 위에 솔밭이 있어 야영을 하려고 텐트를 꺼냈다. 막 텐트를 치려고 하는데 한 군인이 다가왔다. 이곳은 해안 경비 구역이라서 텐트를 못 친다고 하였다. 우리는 군인 아저씨, 하면서 오늘 밤만 지내게 해달라고 사정했지만, 군인 아저씨는 계속해서 안 된다고 했다. 나는 말로만 해서는 통하지 않는다는 걸 깨닫고 꾀를 생각해 내었다. 이 외진 곳에서 국방의 임무를 하는 것이 얼마나 외롭고 적적하겠는가. 나는 마을 구멍가게에 가서 4홉 들이 소주와 안주로 새우깡과 라면 등을 사서 건네주었다. 결국 우리는 솔밭에서 텐트를 치고 하룻밤을 보냈다. 다음 날 버스를 타고 온양온천에 내렸다. 멋진 노천에서의 온천욕을 기대하고 갔는데, 건물만 몇 개 달랑 있었다. 화려한 휴양시설을 떠올리며 왔는데 막상 보니 '이게 뭐야?' 실망하고 발걸음을 돌렸다. 바로 천안 삼거리로 향했다. 여기서는 능수버들을 구경할 참이었다. 오기 전에는 능수버들나무가 숲길처럼 무성하게 펼쳐질 것이라 기대했는데, 막상 보니 주택가에 듬성듬성 능수버들나무가 있을 뿐이었다. 직접 와 보기 전에는 알 수 없는 법, 이상과 현실은 다르다는 사실을 깨달았다.

다음날 공주 무령왕릉에 도착했다. 무령왕릉에 올라가는 길에 한 구멍가게에서 생전 처음 보는 채소를 팔았다. 겉은 오이처럼 길쭉하고 울퉁불퉁한 게 노란빛을 띠었고 속은 석류처럼 빨간 알갱이가 알알이 박혀있다. 이게 뭐냐고 물어보니 '여주' 라고 한다. 한 개를 사들고 왕릉으로 향했다. 공주 무령왕릉은 1971년에 처음 발굴되었고 관람객이 왕릉 안에 들어가 볼 수 있게 개방해 놓았다.

무령왕릉은 백제 25대 왕으로, 그 전에는 전혀 도굴되지 않은 완전한 상태로 발견되었다가 1971년 본격적으로 발굴되었다. 널방은 연화문전(蓮華文塼)과 문자전(文字塼) 등으로 쌓여진 단실묘로 되어 있고, 천정은 아치 형태로 되어 있다. 출토 유물로는 무령왕 금제관식, 금귀걸이, 금목걸이, 청동거울 등이 있다. 땅 속 무덤을 들어간다니 왠지 겁이 났다. 무덤이라 어둡고 침침할 것이라 생각했는데 막상 들어가

보니 전기 조명이 설치되어 잘 볼 수 있었다.

　　다음 날 부여에 도착해 부소산에 올라갔고 삼천궁녀가 백마강으로 몸을 던졌다는 낙화암에 갔다. 낙화암 정자에 앉아 내려다보이는 강줄기와 그 앞으로 펼쳐진 농경지를 보면서, 지금은 한낮의 농촌으로 보이지만 내 머리 속에는 그 벌판에 기와집들이 도시를 형성한 사비성의 옛 모습이 그려졌다. 그런데 어찌하여 이 아름다운 곳에서 궁녀들이 꽃잎이 되어 강물에 몸을 던졌을까? 망국의 한이었을까? 많은 의문이 들었지만 전설은 전설로서 아름답게 담아두자고 생각했다. 발걸음을 옮겨 낙화암 아래, 백마강가 절벽에 자리한 '고란사'를 둘러보고 부소산성의 소나무 숲을 걸었다. 그때 어떤 건장한 남자 두 명이 우리를 부르는 것이다.

　　"학생들! 너희 어디서 왔어?"

　　"…"

　　"돈 내놔!"

　　다짜고짜 돈을 내놓으라고 하니 어안이 벙벙했다.

　　"우리 무전여행 중이라 돈 없어요."

"이놈들아, 거짓말하지 마, 무전여행이라도 비상금 갖고 다니는 거 다 알아. 얼른 내놔!"

우리가 어찌할 바를 몰라 머뭇거리자, 두 남자는 우리 배낭을 뺏어 뒤지기 시작했다. 결국 내 가방 안에 있던 비상금을 모두 뺏기고 말았다. 우리는 힘이 쭉 빠진 채 내려와서 백마강변 모래사장에 텐트를 쳤다. 가지고 있는 재료로 조촐하게 저녁을 해 먹고 쉬고 있었다. 어둑해지는 저녁 하늘에는 먹구름이 잔뜩 끼여 있었다. 저 위쪽에서는 커다란 천막 아래 어르신들이 약주 마시며 춤추고 노래를 부르고 있었다. 친구와 나는 심심하던 차에 구경삼아 가서 앉아 있었다. 사방이 금세 어두워지고, 우리는 텐트로 돌아와 잠을 청했다.

여독으로 피곤했는지 우리는 깊은 잠에 빠졌다. 얼마나 지났을까? 몸이 축축한 느낌이 들어 깨어났다. 그런데 밖에 장대비가 쏟아지고 있었다. 새벽 4시경이었는데 밤새 내린 비로 강물이 불어나서 우리 텐트 안 까지 물이 차오른 것이다. 하마터면 불어난 물에 떠내려갈 수도 있다는 생각이 들었다. 우리 둘은 물에 빠진 생쥐 꼴이 되어 허겁지겁 텐트를 걷고 철수했다. 둘 다 곯아떨어져서 자는 바람에 비가 그렇게 오는지 몰랐던 것이다. 예정대로라면 무주 구천동으로 가야 하는데, 친구가 '엄마 생각이 난다.' 면서 그냥 집으로 올라가자는 것이다. 늦둥이 막내인 친구는 폭우로 겁을 많이 먹은 모양이었다. 전날 가방에 있던 비상금도 뺏긴 마당이었다. 그나마 다행인 건, 내가 허리춤 주머니에 넣은 돈이 조금 있었다.

우리는 해뜨기를 기다렸다가 김밥과 어묵을 사 먹었다. 나는 무주 구천동까지 갔다가 올라가자고 설득했지만, 친구는 여기서 올라가자고 뜻을 굽히지 않았다. 결국은 올라가자고 결정했다. 우리는 부여터미널에서 서울로 올라가는 버스를 타고 맨 뒷좌석에 앉았다. 누가 봐도 우리 둘은 꼴이 말이 아니었다. 그때는 완행버스 안에서 안내양이 요금을 걷었다. 나는 사정을 이야기했다.

"누나, 우리가 서울까지 가야 하는데요, 부여에서 여행하다가 부소산성에서 깡패를 만나 돈을 빼앗겼어요."

"너네 어디에서 왔니?"

"우리는 포천이라는 지역에서 왔어요."

"포천이면 의정부에서 조금 더 가면 있는 곳이지?"

"네, 맞아요!"

"그럼 너희들 집에 어떻게 가려고 하니?"

"지금 허리춤에 비상금이 조금 있어요."

"얼마나 남아 있니?"

"980원이 남아 있어요."

그 누나는 학생인 우리가 걱정이 되었는지, 집에 가는 길을 친절하게 알려주었다.

"서울에서 완행버스 타고 300원이면 포천 안 가니?"

요금이 300원인지, 얼마인지 몰랐지만 무조건 간다고 말했다. 그 누나는 300원을 남겨주고 우리에게 버스를 타고 가라고 하였다. 우리는 "누나 고맙습니다!"를 연신 외쳤다. 우리가 탄 버스는 서울 용산터미널에서 내렸다. 그 누나는 "언제 시간 되면 다시 부여에 놀러 와요."라며 손을 흔들었다. 얼마나 가슴이 뭉클한지 눈물이 날 뻔했다.

용산에 내린 후, 친구의 큰 형이 살고 있는 서울 사당동으로 갔다. 친구 형을 만나 밥을 얻어먹고 차비도 얻어서, 포천 우리 집으

로 무사히 돌아왔다. 보름을 예정하고 떠났던 무전여행은 비록 일주일

만에 끝났지만 나름대로 의미 있고 보람이 있었다. 고교 시절에 처음

으로 떠난 장거리, 장기간 무전여행이자, 고교 시절 마지막 여행이었

다.

아슬아슬한 신체검사, 턱걸이로 군 입대

고등학교 졸업 후, 21살 되던 해에 군대 입영 통지서가 날아왔다. 나는 어머니가 없는 집안에서 할아버지와 아버지를 보살피고, 방송통신대 공부를 하고 있던 중이었다. 신체 건강한 대한민국 남자라면 누구나 군대에 가야 할 시기가 온 것이다. 입대 전, 포천고등학교 강당(당시 포천여고)에서 신체검사를 받았다.

　　기본적인 키, 몸무게, 가슴둘레, 시력, 청력을 비롯해 다양한
검사를 했는데 치질 검사도 했다. 만약 체중이 45kg가 안 되면, 군 입
대가 면제되었다. 그런데 당시 내 체중이 46kg로 매우 왜소했다. 또
보통 가슴둘레가 본인 키의 2분의 1은 되어야 하는데, 나는 체중이 안
나가다 보니 가슴둘레도 78cm로 매우 작았다. 키와 가슴둘레에서 나
타나듯, 내 신체는 군대에 들어갈 조건이 못 되었다.

　　검사 마지막 단계에서 떨리는 마음으로 징병관 앞에 섰다. 징
병관이 대뜸 물었다.

"활동하는데 이상 없나?"

"네! 이상 없습니다!"

58년 개띠 생, 내 세대부터 의무교육이 강화되면서 중학교 입학시험이 없어졌다. 그런데 내 세대에 입영 제도도 변화가 있었다. 그 전까지는 단순히 신체가 건장한 남자면 모두 군대에 갔는데, 내가 군대에 갈 즈음 학력 커트라인이 생긴 것이다. 즉, 어느 정도 학력이 있어야 입대가 가능했다. 가령 초등학교만 마친 남자는 현역에서 제외되고 보충역으로 빠지는 식이었다. 단순히 신체조건만 따져서 군대 가던 시절은 지나간 것이다. 당시 입대를 결정하는 최종 판정은 징병관이 했다.

나는 큰 소리로 "활동하는데 이상 없다."고 말했다. 징병관은 선택의 여지를 나에게 넘겨주었다.

"그럼 보충역 갈 거냐, 현역 갈 거냐?"

"현역으로 가겠습니다!"

"그럼 현역을 복창하고 나가라!"

나는 '현역' 두 글자를 큰 소리로 복창하면서 나왔다. 그렇게 해서 현역으로 군대에 들어갔다.

군대에 들어오니 신체 등급이 나와 같은 사람이 없었다. 풍성하게 잘 먹는 시대는 아니었지만, 나처럼 왜소한 사람이 없었다. 그만큼 군 입대 당시 내 몸은 빈약하고 형편없었다.

어머니의 빈자리, 쓸쓸했던 훈련소 퇴소식

의정부 망월사역 앞에 있는 101 보충대에서 이틀 정도 머문
후, 훈련소에 입소하기 위해 열차를 탔다. 밤새 열차를 타고 양평 용
문역에 내려 그곳 20단 훈련소에서 훈련을 받았다. 구보(뛰는 것)를 비
롯해 태권도, 사격 등 여러 가지 기초 훈련을 6주간 받았다. 6주간의
훈련을 모두 마치고 퇴소하는 날 가족과 만나는 시간을 마련한다. 흔
히 훈련소 퇴소식을 가족과 함께 치르는 것이다. 동기 병사들은 가족

을 만날 생각에 들뜨고 설레는 모습이었다. 훈련소에서는 아무개가 언제, 어디에서 퇴소하니, 언제 오라고 가족을 초대하는 통지서를 집으로 보낸다. 통지서를 받은 가족이 기쁜 마음으로 자랑스러운 아들을 보러 오는 것이다. 고생하는 군인 아들을 보러 오는 데 어느 부모가 빈손으로 올까. 이때는 마치 소풍 온 것처럼 김밥, 떡, 통닭 등 갖가지 맛있는 음식을 나눠 먹으면서 회포를 푼다. 그리운 가족을 만나고, 그동안의 노고를 위로받는 자리에서 병사들은 얼마나 기쁜 마음일까. 그런데 나는 면회 올 가족이 없었다. 그저 동기들이 가족과 함께하는 자리를 물끄러미 바라볼 뿐이었다. 어머니의 부재를 또 한 번 쓸쓸하게 실감해야 했다. 연로하신 할아버지, 혼자된 아버지, 시집간 누나, 직장 다니는 형, 어린 막내 동생. 어머니가 없는 집에서 아무도 나에게 신경을 써주지 못했고, 퇴소식이라고 올 수 있는 가족이 없었다. 우리 집 아랫동네에 사는 동기 녀석이 묻는다.

"너 가족은 안 오니?"

"나는 올 사람이 없어"

"그럼 우리랑 같이 먹자"

부서져 내리는 태양. 먹구름 하늘을 뒤덮고
남한강 물줄기 시원하게 흐른다
통신으로 돌아가 물싸움할때 즐겁지만
하게 휴양끝나면 훈련할 생각
아. 언제 고향으로 갈까나
오마니 손고픈 오마니 (아직도 어리광 띠우나)
순간을 즐겁게 인생을 즐겁게

말은 고마웠지만, 숫기가 없는 난 다른 가족 자리에 낄 수가 없었다. 괜찮다고 해도, 나를 끌고 간 동기 녀석 때문에 엉겁결에 자리에 앉았지만 '꿰다 놓은 보릿자루'마냥 음식을 먹어도 아무 맛을 느끼지 못했다.

자신이 낳은 아들을 애지중지 키우고, 그 아들은 어느새 다 커서 늠름한 군인이 되었다. 오늘처럼 퇴소식 하는 자리에 음식을 바리바리 싸 와서 아들을 격려하고 자랑스러워할 내 어머니.

어머니의 빈자리가 크게 느껴졌다. 그날따라 어머니가 너무도 보고 싶었다. 동기 병사들에겐 축제의 날이었던 퇴소식이 나에겐 그렇게 쓸쓸한 날이 되었다.

병사들이 오매불망 손꼽아 기다리는 휴가 역시 내게는 가슴 시린 기억으로 남아 있다. 동기들은 친구 만난다, 뭐 하고 논다, 하면서 휴가 날을 고대했지만 나는 휴가라고 해봐야 집에서 할아버지와 아버지의 세 끼 식사를 챙겨야 했기에 밖에서 여유를 부릴 시간이 없었다.

내가 군대에 있을 때 88세 할아버지와 아버지, 막내 남동생 해서 3대인 세 남자가 살았다. 나에게 휴가는, 군대에 있는 동안 하지 못했던 집안일을 하는 것이었다. 우리 집은 한옥이었다. 휴가를 받고 집에 가면 먼저 청소하고, 밀려있는 빨래하고(당시는 모두 손빨래), 한옥의 옛날식 부엌에 들어가 쓸고 닦고 밥하고 반찬 만들고 집안일 하기에 바빴다. 휴가가 아니라 집안일을 하러 오는 셈이다. 그래서 남들처럼 설레는 기분이나 고대하는 '휴가' 라는 느낌이 없었다.

　　내 할아버지는 구한말 태생이라 한복이 몸에 배인 분이다. 한복이 아니면 어떤 옷도 입지 않았다. 늘 자세가 꼿꼿하고 깔끔했던 할아버지는 늘 깨끗한 한복을 선비처럼 입었다. 나는 할아버지의 한복 동정을 뜯어서 새 동정을 바느질해서 달았고, 입었던 한복이 상하지 않게 조심히 빨고 말려서 구김살 하나 없게 다려 놓았다, 끼니 챙기는 것 말고도 집에 오면 할 일이 무척이나 많았다. 혹여 휴가 중 잠깐 시내에 나와 친구를 만나도 오후 4시 반에는 집에 들어가 저녁 밥상을 준비해야 한다. 할아버지의 시간 개념은 매우 철저해서 꼭 식사 때를 맞춰야 한다. 혹시나 몇 분이라도 밥상이 늦어지면 "나 밥 안 먹는다."하고 돌아서기 때문에 식사 시간을 맞추는 일은 매우 중요했다. 그러다 보니 휴가라고 해서 밖에서 편안하게 친구와 대화를 하지 못했다.

　　나와 7살 차이가 나는 막내가 당시 중학생이었다. 어린 남동생을 생각하면 지금도 애틋한 마음이 든다. 늦둥이 막내로 한창 귀여움을 받고 사랑받을 시기에 엄마를 잃었다. 여전히 엄마의 손길이 필요한 10살 나이인데, 엄마가 영원히 떠났다는 슬픔을 알았을까. 엄마 없이 자라는 동안 나이 차이 많은 큰 누이는 일찌감치 시집가고, 남자만 있는 삭막한 집에서 막내가 얼마나 외로웠을까, 지금 돌아봐도 마음이 아프다.

바보 사랑

가을이
나를 사랑했어도
다가 오는줄 몰랐습니다

그대 향기
나를 유혹했어도
먼 하늘을
바라보고 있었습니다

먼훗날
낙엽 뒹구는
소리를 듣고서

그때서야
당신이 떠난줄
알았습니다

병장 말년을 화려하게 장식한 국군의 날 행사

보병이 특기인 나는 자대 배치를 받고 부대에 신고한다. 그때 지휘관이 나를 불렀다.

"너는 보병이 특기가 아니라, 행정병을 해라."

그렇게 보직이 행정병으로 변경되고 인사, 관리 등 행정에 관한 업무를 수행하게 된다. 내가 행정병으로 발탁된 것은, 내 글씨 덕분이었다. 당시는 모든 서류에 일일이 수기로 기록하던 시대였다. 대대장이 신상명세서에 적혀 있는 내 글씨를 본 후 나를 불렀던 것이다. 행정병은 인사 기록부터 서류 작성 등 모든 업무 서류에 직접 글씨로 써야 했다. 당시에는 서류 뿐 아니라, '직속상관 관등성명'이라고 해서 사단장 아무개, 대대장 아무개, 연대장 아무개 등 수직계열로 지휘관 이름을 써 놓은 것도 있고, 부대 구호, 현황판도 써야 하는 등 모든 것을 수기로 작성했다.

지휘관이 벽에 걸린 액자를 가리키며 "이 이병, 자네 저 글씨처럼 쓸 수 있어?"하고 묻는다. 걸려 있는 글씨는 인쇄한 것처럼 반듯하였다. 나는 "저렇게 까지는 못 쓸 것 같습니다!"라고 솔직히 대답했다. "그러면서 무슨 글씨를 쓴다고 하냐?" 이런 대화가 오고 갔다.

하지만 결국은 중대 인사병으로 자리를 배치해 주었다. 그때 현황판이나 교육자재는 매직펜으로 썼고, 당시 끝이 동그란 '지펜'을 많이 썼다. 또 대나무를 깎아서 글씨의 폭을 조절한 '죽펜'도 있었다. 중대 인사병으로 있으면서 매일 부대 일지를 썼고, 병사의 신상 기록장에 지휘관과의 면담 내용도 기록하는 등 군대에서 우연찮게 글씨로 특기를 발휘하게 되었다.

1980년대 들어서면서 신군부가 등장하고 군 출신의 전두환 당시 보안사령관이 정권을 잡는다. 당시 전두환 대통령 취임 후에 맞는 국군의 날 행사를 성대하게 준비하였다. 군 출신의 새로운 정부가 탄생하면서 군대 행사를 굉장히 크고 화려하게 치르는 것이었다. 그때 우리 부대가 'APC' 라는 장갑차 부대였다. 국군의 날 행사에 참여하기 위해 내가 속해 있던 10중대가 선정됐다. 행사를 지휘할 육사 출신의 중대장도 선발되고 장갑차를 운행할 운전수, 선탑자 등의 병력을 선발하게 된다.

　　당시 나는 33개월의 복무 기간 중 제대까지 6개월을 남겨 놓고 있었다. 나는 군 생활의 마지막을 뭔가 의미 있고 인상에 각인될만한 추억으로 남기고 싶었다. 그래서 중대장을 찾아가서 "제가 군 생활이 얼마 남지 않았는데, 마지막으로 국군의 날 행사에 참여해보고 싶다."고 요청하였다. 중대장은 "훈련받는 것도 쉽지 않을 텐데…." 하면서 "뜻이 정 그렇다면 참여하라."고 말했다.

　　장갑차를 진두지휘하는 선탑자는 하사관 이상만 할 수 있었

다. 장갑차 앞에는 운전병이 운전하고, 뒤쪽 양쪽에 두 사람이 서서 장갑차로 시가 행진을 하게 돼 있다. 중대장은 나에게 "그 뒤에 서서 하라."고 했다. 그런데 하루 지나고 곰곰이 생각해 보니 명색이 말년 병장인데 뒤에 서 있는 것이 시시하게 느껴졌다. 나는 다시 지휘관을 찾아가 "안 한다."고 말했다. 그는 "시켜달라고 할 때는 언제고 안 하겠다고 하냐?"고 했다. 나는 "말년에 뒤에 서 있는 모양새는 싫다."고 했다. "그럼 어쩌란 말이냐? 너는 병장이라 할 수가 없는데?" 나는 "계급장을 '하사'로 만들면 되지 않느냐?"고 했다.

군대 말년에 병장이었던 나는 그렇게 '하사' 계급장을 달고 선탑자가 되었다. 1981년 최대 규모로 치러진 국군의 날 행사에서 나

나의 軍 履歷書

푸르름속에 사랑과 희망을 잉태한 따스한 봄날 자신의 선택에따라 곱게 늘어진 머리를 삭발하고 101보충대에 입대 어둠속에 20X 훈련소로 이동 도깨비집 같은곳에서 어찌생활해야 될지 악악한 생각이 머리속을 가득메웠지만 엄격한 규율과 규제속에서 모든것을 잊어야 했고 훈련대 선착순하면 꼴찌에서 두번째 그 타이틀을 뺏기지 않기위해 노력 했던 나약한 자신······

10주의 교육을 받고 꿈(?)에 부풀어 자대에 배치된단날 정들을 동기와 헤어져 자대에 W백매고 갔는데 군기빠졌다는 소리를 들으며 시작됐고 서우게 조수로 낙인찍혀 2소대에서 1달만 생활하다 본부에서 생활 얼마 않되어 10.26 사태로 출중 태동과 덕초에 있다 어이없는 두울울랑으로 사건 한양대에 끌려가 열차례를 받고 초이 아작아작여는 가운데 식기를 닦는 고난을 겪고 이제우대에 복귀 80년 2월 신장염 증세로 1개월 후송 59 병원에서 고교시절 여자친구 언니를 만났고 (재위) 그후 80년 5월 광주사태로 정신없이 세월흘러 공수·R.C.T등 많은 훈련 속에서 내맡은 안신창이 되었고 81.년 2월 나의 신원이 있어 군의 고향인 2소대로 복귀 했음.

그러나 지난세월은 추억의 메모지에 기록되고 지금도 내일도 잊을수 없는것은 운명을 달리한 전우들 이러한 일들과 많은사람과의 공동체 생활 그리고 그속에서 자아의 발전과 정신적인 성장을 가져옴에 나는 나이혜만 그랬던 것이 아니고 성인으로서의 청신세계를 이루었다는 것이다 또한 종교활동으로 나의 종교관은 가슴에 확고히 뿌리를 내렸고 어쩌든 허무함속에서 보낸것 같고 또한 알차게 보낸 인생의 한장이었다

이제 첫바 키건 플리던 다람쥐에서 탈피 꿈과 비젼과 희망을 갖고 저넓은 창망래해를 힘차게 노저어 가거라 성공이란 언어가 나를위해 탄생 했다 하게끔

는 장갑차 한가운데에 장갑차 장으로 떡하니 앉아 시가행진을 했다.

국군의 날 행사를 준비하면서 재미있는 추억이 또 하나 있다. 그때 행사에 참여하는 우리 부대 병사들이 서울 여의도에서 한 달 보름 동안 합숙했다. 1981년 당시 여의도는 국회의사당 하나만 불쑥 솟아 있고 주변은 온통 모래사장이었다. 그리고 KBS 방송국이 있고 길 건너편에 전경련 회관, 한강변에 여의도 순복음교회, 그 앞에 반도호텔이 있었다.

우리는 반도호텔 뒤 넓은 모래사장에 대형 천막을 치고 거기서 훈련을 받으며 생활했다. 기억에 남는 일은 맛있는 음식을 잘 먹었던 것이다. 단체 숙식하면서 일주일에 한두 번씩 특식이 나왔는데 평소 구경도 못 하던 과일이나 통닭, 소고기 등 먹기 어려웠던 고급 음식을 아주 푸짐하게 먹었다.

병장 말년에 국군의 날 행사에 참여하게 되고, 또 내가 바랐던 대로 선탑자로 서니, 얼마나 뿌듯했겠는가. 합숙하면서 준비하는

과정조차 하루하루가 즐겁고
신이 났다.

　　그 해 국군의 날 행사
는 성황리에 막을 내렸다. 행
사를 총 지휘한 제병 지휘사령
관은 참여한 병사들한테 격려
금으로 5천 원을 전달했다. 보
람과 기쁨은 두 배가 되었다.

당시 병장 월급이 4천 원이 채 안 되었을 때였는데, 그때 격려금으로
받은 5천 원은 매우 든든한 돈이었다. 나는 그때 받은 봉투를 지금도
보관하고 있다. 내 의지를 적극적으로 표현해서 얻은 기회, 병장 말년
에 참여한 '국군의 날 행사' 덕분에 군대에서 잊지 못할 추억을 쌓았
으며, 내 군 생활의 마지막을 화려하게 장식할 수 있었다.

백령도

파란 하늘 가르고
오백 리
서쪽으로 달리니

그곳은
학이 살고 있는 섬

언제인가 떠나버린
청이 그리워
머언길 마다하지 않고 찾아왔지만

마음씨 고운 그대
간 곳이 없고

무뚝뚝한 연봉바위
바다만 바라볼 뿐

청아!
이 세상에 다시 보고 싶은데
별나라 갔는지
돌아올 수 없는가

지금도 인당수
파도만 출렁인다

사랑하는   아빠께

아빠   고맙습니다   해달라는 것
다   해주셔서   사달라는   인형은 다
사주셔서   이제는   장남감   사달라고
안 할게요   아빠   힘드신데   피곤하지
안으세요   학교도   이해되면   지나면
학교도   졸업하실   텐데요   마지막
7달 만   참아주세요   그리고   너무걸
사해요   10년 동안   보살펴   주시
고   키워주셔서   정말   감사해요
이제는   쓰쿠   행동 할게요   너무   감
사해   글로는   못   쓰겠어요
어휴!   엄마와   함께   사신것도   벌써
십주년이나   되셨네요   결혼 기념일은
지났지만   축하해요
        이만   줄일 께요

                    1997년 5월 11일

하나밖에없는
        사랑하는 딸
        초은 올림

가정과
아름다운 공동체를 향한 여정

》》》》》》》

제대한 그 해 6월, 제대로 글을 좀 써 보겠다고 여기저기 기웃거리다가 무작정 떠나기로 한다. 내 고장 포천에서 가장 먼 곳, '제주도'라는 미지의 섬에 가고 싶었다. 그곳에서 시가 됐든 소설이 됐든 차분히 뭐라도 쓰고 싶었다. 대한민국의 남쪽 맨 끝에 자리한 제주도에서는 왠지 글이 잘 써질 것 같았다. 서울 용산역에 가서 목포로 가는 밤기차를 탔다. 가방 안에는 원고지와 펜, 카메라, 세면도구 등 단촐한 짐이 있었다. 내가 탄 기차는 밤 10시 30분에 출발해 밤새도록 달려 목포역에 도착하는 완행열차다.

착각

라일락 꽃길을 걸으며
스쳐 지나도
인연인 줄 알았습니다

그대 눈빛 내게 머물 때
좋아하는 줄 알았습니다

벤치에 같이 앉아
얘기 나눌 때
사랑하는 줄 알았습니다

시간 흐르고 뒤돌아보니
그대
흔적도 없었던 것을

보석 같은 추억의 섬, 제주도

1982년 2월에 제대한 후, 나는 가족을 돌보면서 농사를 짓기 시작했다. 그런데 농사가 생각처럼 쉬운 일이 아니었고 어쩐지 내 성향이 농사와 맞지 않는 기분이 들었다. 그즈음 나는 체계적인 문예창작 공부를 하지 않았지만 막연하게 글을 쓰는 일이 나에게 맞지 않을까 생각했다. 어쩌면 그때 나에게 탈출구가 필요했고 그것이 문학, 글 쓰는 것이 아니었나 싶다.

고등학교 때부터 책 읽기와 글쓰기를 유난히 좋아했던 나는 그 시절 청소년들이 그렇듯 '문학 소년'을 꿈꿨다. 학교에서는 이론과 실습을 배우며 학업에 충실했지만, 밤에는 혼자 방에서 글을 끄적이곤 했다. 그때는 지금처럼 즐길 거리와 놀이 문화가 거의 없었다. 남녀 간에 소통 수단도 '펜팔'로 일컫는 편지 말고는 마땅히 없었다. 서정주의 '국화 옆에서', 김영랑의 '모란이 피기까지' 등 교과서에 실린 아름다운 시를 보고 나도 저런 멋진 글을 쓰고 싶다고 막연히 생각했다. 청소년기, 어머니를 잃은 지독한 상실감이 나를 그쪽으로 이끌었는지 모른다. 마치 내 마음을 표현해주는 시와 소설에 끌리면서, 그 시절 남몰래 '문학소년'의 꿈을 키운 것이다.

제대한 그 해 6월, 제대로 글을 좀 써 보겠다고 여기저기 기웃거리다가 무작정 떠나기로 한다. 내 고장 포천에서 가장 먼 곳, '제주도'라는 미지의 섬에 가고 싶었다. 그곳에서 시가 됐든 소설이 됐든 차분히 뭐라도 쓰고 싶었다. 대한민국의 남쪽 맨 끝에 자리한 제주도에서는 왠지 글이 잘 써질 것 같았다. 서울 용산역에 가서 목포로 가는 밤기차를 탔다. 가방 안에는 원고지와 펜, 카메라, 세면도구 등 단출한 짐이 있었다. 내가 탄 기차는 밤 10시 30분에 출발해 밤새도록 달려 목포역에 도착하는 완행열차다. 중간에 광주역에서 갈아탔고 목포역까지 거의 11시간이 걸렸다. 당시 완행열차는 차비가 저렴했던 만큼 편의 시절이 갖춰지지 않았다. 지금처럼 의자도 편안한 것이 아니고, 오랜 시간 앉아있으면 엉덩이가 아팠다. 의자 배열은 한쪽으로 있는 게 아니라, 앞 사람과 마주 보고 앉게 돼 있었다. 장시간 처음 보는 사람과 마주 보고 가야 되는 서먹함 때문에 싱겁게 말을 건네고 대화를 하곤 했다. 또 당시 열차에는 지정석이 없어서 먼저 앉는 사람이 임자였다. 서서 가는 사람도 많았기에 혹시 자리를 빼앗길까봐 화장실도 맘대로 못 갔다. '갈 때는 불편하지만 참자, 제주에서 올라올 때는 편하게 비행기를 타고 오니까' 생각하며 스스로를 위로했다.

내 자리 맞은편에는 서로 친구인 듯한 아가씨 두 명이 앉아 있었다. 시간이 무료하기도 하고 어디로 여행 가는지 등 두 아가씨와 이런저런 이야기를 나누었다. 그들은 홍도로 간다고 했다. 목포역에

거의 다다랐을 즈음, 그들은 나에게 "목적지를 바꿀 생각이 없냐?"고 물었다. 나는 "목적지를 바꾸는 사람이 아니라서"하며 정중히 거절했다. 그들은 목포에 왔으니 유달산이라도 같이 가자고 했고 나는 시간적인 여유가 없다고 발길을 돌렸다. 그렇게 목포 연안부두에서 제주 가는 배를 기다리는데 이 여성들이 나타났다. 이들은 제주 여행 잘하고, 나중에 편지를 하라고 주소를 적어서 주었다. 나도 여행 잘하라고 하고 배에 올랐다.

몇 시간이나 갔을까, 대낮에 탄 배는 어둑해질 무렵에 제주도에 도착했다. 곧이어 버스를 타고 숙소로 가는데, 특이한 것이 버스 안내양이 여자가 아니라 남자인 것이다. 안내양이 아니라, '안내군'이라 해야 하나? 그런데 '안내군'의 제주 사투리가 심해 무슨 말을 하는지 도저히 알아들을 수가 없었다. 여기가 어디인지, 외국인가, 한국인가? 처음 들어보는 제주 방언이 무척이나 생소했다.

무사히 서귀포의 숙소에 도착해 여장을 풀었다. 방안의 앉은 뱅이책상 위에 원고지와 펜을 가지런히 올려놓고 제주에서 첫 밤을 보냈다. 당시 서귀포에는 중문관광단지가 막 개발될 때였다. 나는 글을 쓰다가 바람도 쐴 겸 표선해수욕장에 갔다. 그때 해변에서 꼬마들이 모래를 파헤치고 놀고 있었다. 자세히 보니 아이들이 파헤친 모래 속에서 조개가 쏙쏙 나왔다. 나도 꼬마들 하는 것을 따라 했는데 아무리 파헤쳐도 나에게는 조개가 나오지 않았다. 나는 가방에서 카메라를 꺼냈다.

"얘, 꼬마야, 아저씨한테 조개 잡는 거 알려주면 아저씨가 사진 찍어서 보내줄게."

"에이, 거짓말하지 마세요."

"아저씨 거짓말하는 사람 아니야, 진짜 사진 보내 줄 거야."

"에이, 안 믿어요."

그때 뒤에서 웬 아가씨 둘이 와서 사진을 찍어 달라고 한다. 한 아가씨가 나에게 카메라를 건네주었고 나는 바다를 배경으로 두 사람의 사진을 찍어줬다. 그런 후, 내 카메라를 가져가 그들도 나를 찍어줬다. 서로 사진을 찍어주다가, 나에게 "어디에서 왔냐?"고 물어 "포천에서 왔다."고 말했다. "어디 어디를 돌아봤냐?"고 해서 "여기 온 지 3일째인데 천천히 돌고 있다."고 했다. 그들은 "표선민속박물관 가봤냐?"고 하면서 "같이 가자."는 것이다. "그런데 아가씨는 이 시간에 어떻게 여기 왔어요?" 내가 물었다.

아가씨는 자신이 쓰고 있는 모자를 가리킨다. 자세히 보니, 동그란 챙에 'KAL'이라고 쓰여 있었다. 그들은 대한항공에서 근무하는 공항 직원이었다. 3교대 근무라 시간이 날 때면 이렇게 바람 쐬러 다닌다고 했다. 그러면서 자기들이 제주도 출신이니 안내해 준다고 한다. 그렇게 해서 두 아가씨와 함께 관광을 다녔다. 여성들은 마치 가

이드처럼 친절히 안내해 주었다. 날씨가 덥다고 아이스크림을 사주고, 관광지에 들어갈 때 입장료도 내주었다. 우연찮게 만난 두 아가씨 덕분에 제주도에서 편안하게 관광을 즐겼다.

그들은 제주시에 오면 전화하라고 하면서 전화번호를 주었다. 며칠 뒤, 제주시에 가면서 전화를 했다. 두 사람과 제주시에서 다시 만나서 용두암 삼성혈 등을 둘러보고 저녁에 방파제에 있는 포장마차에서 식사를 했다. 그때 '자리' 회를 먹자고 해서 어떨 결에 회를 먹게 됐다. 포천 출신인 나는 '회'라는 것이 생소하고 생전 안 먹어본 음식이라 젓가락질만 깨작깨작 했다. 그들은 "그것도 못 먹냐?"고 하면서 둘이서 회 접시를 다 비웠다.

저녁을 다 먹고 시내에서 산책하는 데 어느덧 밤 9시가 되었다. 나는 서귀포 숙소로 돌아가야 하는데, 버스가 언제 끊어질지 몰라 속이 탔다. 이제 숙소로 가야 한다고 하자, 그들은 "무슨 남자가 여행을 다니면서 그리고 글을 쓴다는 사람이, 숙소 못 가면 남의 집 처마 밑에서 잘 수도 있지. 뭐를 그렇게 걱정하냐?"며 타박한다. 그렇게 또 걷다가, 결국 그들은 합승 택시를 타고 가라고 한다. 당시 '합승 택

시' 라고 해서 제주시와 서귀포를 오고 갔는데, 한 사람, 한 사람 승객을 모아 다 차면 택시가 출발했다. 여러 사람이 각출해서 요금을 내니, 택시비가 버스 요금보다 조금 더 나가는 수준이었다. 당시 제주에서 저렴하게 택시를 이용하는, 유용한 교통수단이었다. 그들은 "제주도 떠날 때 전화 달라."고 하고 나는 "오늘 덕분에 즐거웠고 고마웠다."고 하며 헤어졌다. 나는 합승 택시를 타고 무사히 서귀포 숙소로 돌아왔다.

제주에서의 생활은 단순했다. 주로 숙소에서 글을 쓰고, 글이 안 써지면 바닷가에 나가 바람 한번 쐬고, 그렇게 지내다 보니 보름이 훌쩍 지나갔다. 이제 집으로 가야겠다고 생각하고 공항으로 가는 길에 마지막으로 이들에게 전화했다. 비행기 시간을 알려주고 공항에 도착했는데, 정복을 입은 여성 세 명이 마중을 나왔다. 그런데 그들이 파인애플 한 박스, 귤 한 박스를 사 가지고 화물칸에 실어주고, 내 비행기 티켓을 보여 달라고 해서 주니, 일반석(이코노미)을 빨간 색연필로 긋고, 비즈니스석으로 바꾸는 것이다. 여성은 "제주에 또 오게 되면 연락하라."고 한다. 나는 그에게 주소를 적어 달라고 했다. 감사의 편지라도 쓰겠다고. 그렇게 인사를 하고 탑승구 쪽으로 가려는데 항공사 직원인 여성 세 명이 나란히 도열해서 인사를 한다. '저 새파랗게 젊은 놈이 도대체 누구 길래, 무슨 고관대작 아들인지, 대단한 부자 집 아들인지' 생각했을 것이다. 주변 사람들이 나를 그런 눈빛으로 쳐다보았다.

물 빠진 헐렁한 청반바지에 티셔츠 하나 걸친 내 행색은 무전여행하는 방랑자, 그 자체였다. 제주 표선해수욕장에서 우연히 만난 그들 덕분에 난생처음 비즈니스석에 앉아 편안하게 집으로 돌아왔다. 그 후에 편지를 보냈고 항공사 두 여성은 서울에 와서 관광을 즐겼다. 나는 그들이 제주에서 내게 했던 것처럼 서울에서 맛있는 식사를 사고 입장료를 내주고, 정성을 다해 안내를 해 주었다. 제주에서 진 빚은 갚은 셈이었다. 청년 시절, 글을 쓰기 위해 떠났던 제주도에서 뜻하지 않게 좋은 추억을 남겼기에 제주도는 나에게 보석 같은 섬으로 남아 있다.

매미

숲속에서
슬피 울어대는 이유를
모르겠습니다

무더운 날
그늘에서 노래한다고
말하지 마세요

공간을 향한 절규의
숨겨둔 사연을
알 수 없듯이

멀리 돌아온
긴 여정을
어둠 속 고통의 날들이었지만

스무날 가슴 아픈
사랑을 위해
영혼을 깨우는 서글픈 소리

머언 훗날
또다시 불러줄 그들을 위해
껍데기만 남기고 떠나는

그래
그들은 그렇게 기도하며
이슬처럼 사라지는
운명인 것을

전역 인사, 농사에서 얻은 교훈

예로부터 씨족사회라고, 한 마을에 일가친척들이 집성촌을 이루며 조상 대대로 살아왔다. 경기도 포천시(당시 포천군) 군내면 조용하고 평화로운 마을에 자리한 우리 집은 동네 어르신 및 이웃들과도 가족처럼 지내며 화목하게 살아왔다. 우리 마을에는 청년이 된 남자가 군대에 가면 동네 어르신들을 찾아다니면서 입대 인사를 드리는 고유 문화가 있다. 이후 전역해서도 마찬가지다. 집집마다 찾아다니면서 무사히 군 생활 마치고 전역했다고 어르신께 알려드리는 것이 관례였다. 33개월의 복무를 마치고 제대 후, 그렇게 이 집 저 집 다니며 인사를 하던 와중에 한 어르신 댁에 들어가게 되었다.

"3년 동안 군대에서 고생이 많았네."

"덕분에 잘 다녀왔습니다."

"그런데 자네 앞으로 뭘 할 건가?"

"그냥 어르신 모시고 농사를 지으려고 합니다."

"농사를 짓는다고? 어지간하면 그 길을 가지 말지 그래?"

"아니 왜 그런 말씀을 하십니까?"

"그 농사일이라는 것이 그렇게 쉬운 길이 아니야."

"제 조부님이 연로하시고, 아버지와 동생도 돌보아야 합니다. 집안일을 보면서 농사일을 하려고 합니다."

"내가 다시 한번 말하지만, 이 걱정 저 걱정하면서 세상을 살아갈 수 없네. 아마도 다른 길이나, 직장을 찾아가는 게 좋을 거야."

"네, 어르신, 그런데 왜 그렇게까지 저에게 권하세요?"

"자네가 농사를 짓는다니 하는 얘길세. 농사꾼은 허구한 날,

속아 사는 일이라네. 내가 농사를 지어봐서 알아. 농사로 돈을 벌어 먹고살기도 힘들지만, 풍년이 들어도 이듬해엔 기후의 영향으로 흉년이 들고, 내 뜻대로 되지 않는 게 농사여. 당체 생활의 안정이 없는 일이라네. 그러니 농사보다는 직장생활이 나을 거세."

"세상일이라는 게, 그리 만만치 않겠습니다만 제 가정환경이 그렇다 보니 여의치가 않네요. 지금은 제가 할아버지와 아버지 조석이라도 해 드려야 하니, 그렇게 살겠습니다. 말씀 감사합니다."

막 제대하여 사회생활 경험이 없는 내가 가족을 건사하며 할 수 있는 일은 딱히 없었다. 그런 상황에서 농사는 가장 손쉽게 선택하는 일이었다. 하지만 농사를 하면 할수록 그 어르신의 말이 맞았다. 농사를 짓는다는 게 열심히 노력한다고 되는 일이 아니었다. 시시때때로 변하는 날씨와 자연환경의 영향을 많이 받았고, 풍년이어도 갑자기 가격이 하락하는 등 예측할 수 없는 일들이 많았다. 이러한 불확실한 상황과 변수 때문에 농사를 지으면서 어떤 계획도 세울 수 없었다. 농사일은 뭐 하나 내 마음대로 되지 않았고, 무엇보다 우리 가족이 걱정

없이 먹고살만한 수익도 얻지 못했다.

　'그때 그 어르신 말씀이 맞구나. 살아온 연륜과 경험을 무시할 수 없는구나.'

　나는 농사를 직접 경험하면서 현실과 이상은 분명한 차이가 있다는, 큰 깨달음을 얻었다.

우연에서 운명으로, 어둠에서 빛으로, 결혼

제대 후 간간히 농사를 짓고 있던 때, 내 나이도 20대 중반이 넘어갔다. 어머니가 없는 가정환경이 그래서였는지, 나는 결혼에 대한 생각이 없었다. 어느 여자가 시골 우리 집에 들어와 할아버지와 아버지를 모시고 시동생까지 건사할까? 무엇보다 자신감이 없었고 괜히 결혼한다고 여자를 데려다 고생시키고 싶지도 않았다. 더욱이 같은 포천 지역에 사는 여성은 만나지 않겠다는 편견도 가졌다. 그때는 빨리

내가 갈 길을 찾아 우리 가족을 편안히 부양하는 것이 큰 소망이었다.
그러니 가족 외에 다른 것에 신경을 쓰지 못했고 관심을 둘 마음의 여
유가 없었다.

　　군대에 있을 때 나는 부산 출신 병사와 서울 출신 병사, 이렇
게 셋이서 친하게 지냈다. 행정병으로 비교적 저녁에 시간적 여유가
있던 나는 PX에서 간식을 사서 이들과 나눠 먹곤 했다. 그때 부산 출
신 병사가 "너희 둘이는 내가 결혼시켜 줄 테니까, 여자를 만나지 마

라"고 호기롭게 말했다. 나는 그냥 웃고 넘겼다. 그러다가 모두가 제대한 후 어느 날 서울에서 셋이 만나 식사를 하는데, 부산 친구가 또 "여자를 만나지 말고 있어라. 내가 너희들 소개시켜서 결혼하게 할 테니까" 하는 것이다. 이번에도 웃고 넘겼다. 우리 셋 중에서 부산 친구는 27살에 제일 먼저 결혼하고, 서울 친구는 28살에 결혼했다. 서울 친구는 부산 친구가 자기 고종사촌 여동생을 소개시켜줘서 결혼에 골인했다. 부산 친구 말대로 된 것이다.

그러던 어느 날 나는 부산 친구의 아기 돌잔치 초대를 받고 부산에 내려갔다. 저녁에 부산 친구 집에서 친구들끼리 모여 식사를 하고 마칠 무렵, 부산 친구가 나를 따로 불렀다. 그러더니 한 여성을 가리키며 "와이프 친구인데, 저 아가씨와 나가서 얘기 한번 해 보라."는 것이다. 어떨 결에 나는 '와이프 친구' 라는 아가씨와 둘이 밖으로 나왔다. 조금 걸으니 강변이 나왔고 그 길을 걸으며 이런저런 이야기를 나누었다.

친구는 나에게 밤 11시 전에는 문을 안 열어 줄 테니, 그 이후에 들어오라고 선전포고를 했다. 어쨌든 늦은 밤까지 이런저런 대화를 나누고 헤어졌다. 나는 밤 11시가 넘어서야 친구 집에 들어왔다. 그렇게 친구 집에서 하룻밤 자고 다음 날 친구 가족과 해운대에 놀러 갔다. 내가 가져온 카메라로 아기랑 가족들 사진을 찍어주고 바닷가에서 시간을 보내다가 다음 날 올라왔다. 집에 온 후 얼마 있다가 사진을 인화해 부산 친구 집으로 보냈다. 그런데 며칠이 지나도 친구에게서 사진을 잘 받았다는 답변이 없었다. 나는 궁금한 마음에 친구 집에 전화를 걸었다. 그런데 낯선 여자가 전화를 받는 것이다.

"친구 집에 전화했는데, 실례지만 누구시죠?"

"저는 아기 엄마 친구인데요, 아기들 돌봐주러 왔습니다."

"저는 포천 사람입니다."

"아, 그렇군요. 저는 며칠 전 강변에서 얘기했던 사람입니다."

"아, 네. 친구는 집에 없는지요?"

"네, 밖에 나가서 집에 안 계십니다."

그때 부산 친구는 쌍둥이를 낳았는데 육아가 힘드니, 와이프 친구인 그 아가씨가 가끔 와서 도와준 모양이었다. 전화상이었지만 우연찮게 그 여성을 다시 만나니, 문득 '이것도 인연인가' 싶었다. 나는 무슨 용기가 났는지 "서로가 먼 곳에 있으니 편지를 하면 어떻겠어요?" 하고 말했다. 그렇게 그 아가씨와 편지로 소통하면서 서로가 알아가는 시간을 가졌다. 그 후 서울에서 두세 번 만남을 가졌고 자연스럽게 결혼이라는 말이 나왔다. 언제 날짜를 잡아 아가씨가 우리 집에 와서 인사를 해야 했는데, 나는 그 전에 우리 집 사정을 대략 얘기했다. 그런데 할아버지 얘기는 쏙 빼고 아버지와 동생이 집에서 함께 생활한다고 했다.

그리고 내가 먼저 인사를 드리러 부산으로 내려갔다. 부산 예비 처갓집에 갔더니 부모님과 언니가 있었다. 가벼운 대화가 오고 가다가 장인이 될 어르신이 묻는다.

"여보게 하나 물어볼 게 있네. 혹시 집안에 '안 분들'(부인)이 일찍 돌아가시는 내력이 있는 집안 아닌가?"

순간 가슴이 철렁 내려앉았다. 우리 어머니도 그랬지만, 우리 동네에서 '중간 상'을 치른다고 일찍 돌아가신 어머니들이 무척 많았다. 나를 처음 보았는데 점쟁이처럼 맞추는 걸 보고, 놀라기도 했다.

"아니요, 우리 집에는 그런 거 없습니다."

"그럼 혹시 할머니는 자네가 몇 살 때 돌아가셨나?"

"할머니는 제가 세 살 때 돌아가셨습니다. 그때 할머니 연세가 60세 조금 넘었습니다."

"그래, 그럼 자네 어머니는?"

짐짓 놀랐지만 사실대로 말했다.

"어머니는 제가 고등학교 때 암으로 돌아가셨습니다."

"그렇군, 어쩌다 세상 살아보니까 그런 집안이 있어서 물어본 거네."

실제로 당시 우리 마을에 두 번 째로 여자를 들인 집이 태반이었다. 그만큼 조강지처라고 하는 어머니들이 일찍 돌아가신 것이다.

"그런데 자네는 지금 무슨 일을 하고 있나?"

"농사를 짓고 있습니다."

"자네 진짜 농사짓는 거 맞아?"

몸이 왜소하고 미소년 마냥 말끔해 보이니까, 농사꾼으로 보

이지 않는 모양이었다. 그렇게 부산 처가에서 인사를 마치고 집으로

올라왔다. 나중에 듣고 보니, 아내의 언니가 "농사짓는 사람처럼 보이

지 않는데, 혹시 사기꾼 아니냐? 다시 한번 잘 봐라."고 했다고 한다.

사랑

나는
도둑놈이다

그대
마음을
훔쳤으니까

나의 정신적 지주, 할아버지와 아버지

얼마 뒤, 아내는 부산에서 우리 시골집으로 인사하러 왔다.

포천 우리 집에 오는 데만 하루가 꼬박 걸려서 도착하니 저녁이 되었다.

"사랑채에 가서 할아버지께 먼저 인사드려."

아내는 놀란 표정으로 나를 쳐다본다.

"뭐라고요? 할아버지 계시다는 얘기 안 했잖아요?"

"어? 내가 그랬었나? 아니야, 내가 얘기했잖아."

나는 시치미를 뚝 뗐다.

"그런 말 한 적 없는데요."

"내가 다 얘기했는데 뭐."

계속되는 시치미에 아내는 어이없는 웃음을 지으며 사랑채로 향했다. 나는 큰 목소리로 할아버지를 불렀다.

"할아버지! 손주며느리 될 사람이 왔어요!"

할아버지 얼굴은 간만에 활짝 피었다. 아내가 우리 집에 시집 온 후, 남자만 살던 썰렁한 집에 따뜻한 온기와 활기가 스며들었다. 어른들이 흔히 말하는 '복덩이'가 우리 집에 들어온 것이다. 아내는 아침, 저녁으로 시할아버지와 시아버지 두 분을 정성스럽게 모셨다. 어머니의 부재 이후 우리 집안에 얼마 만에 찾아온 따뜻한 온기인지, 나는 속으로 눈물을 흘렸다. 그동안 손주에게 받았던 밥상을, 손주며느리에게 받으며 늦게나마 할아버지의 마음도 평안했으리라. 결혼 후 얼마 안 돼, 우리는 예쁜 딸을 낳았다. 할아버지는 아장아장 걷는 증손녀의 재롱을 보면서 편안하게 여생을 보냈다. 할아버지는 1990년

96세를 일기로 편안히 눈을 감으셨다.

　　1895년 구한말에 태어난 할아버지는 평생 동안 우리 전통 한복을 입고 선비처럼 꼿꼿하고 지조 있게 살아왔다. 한옥 가운데 사랑채에 거주했던 할아버지는 집안에서 가장 먼저 일어나 하루를 시작했다. 동틀 녘이면 할아버지의 우렁찬 기침 소리가 집 안 가득 울렸다. 할아버지의 기침 소리가 우리 집안의 기상 소리였던 것이다. 먼저 부모님이 일어나고, 누나와 형, 나, 동생이 차례로 잠에서 깨어나 하루 일과를 시작했다.

　　할아버지와 관련해 내 기억에 인상 깊게 남은 일화가 있다. 초등학교 저학년이던, 토요일 오후였다. 오전 수업을 마치고 와서 숙제를 하고 있는데 갑자기 사랑채에서 할아버지가 역정을 내는 소리가 들렸다. 평소 선비 같이 과묵하며, 말씀이 거의 없는 할아버지인지라 '무슨 일인가' 싶어 밖으로 나왔다. 그런데 할아버지가 작대기 들고서 "이놈의 자식이, 어디 젊디젊은 놈이 할 일이 없어서 남의 대문간을 기웃거려? 어디서 거지 흉내를 내?"하며 누군가에게 호통을 치는 것이다. 그날은 할아버지의 행동이 많이 달랐다. 평소의 할아버지라면 "얘, 광에 가서 보리쌀이라도 꺼내서 줘라"고 하면서 집에 온 거지를 빈손으로 보내지 않았다. 그런데 그날은 거지를 냉대하며 내쫓은 것이었다. 거지가 도망간 후, 나는 할아버지에게 물었다.

"할아버지, 왜 거지를 쫓아낸 거예요?"

"글쎄 내가 사랑채에서 장지문을 열고 담배 피고 있는데, 저 만치서 누가 멀쩡히 걸어오는가 싶더니 집에 가까이 오면서 절뚝절뚝거리는 거야. 그러면서 도와달라고 하니 내가 호통을 쳤지"

"그런 거군요"

"사지 멀쩡한 놈이 장애인 흉내 내면서 벌어먹는 것은 정신 상태가 잘못된 거지"

어린 시절에 경험했던 할아버지와 거지의 일화를 통해 사람은 어른이 되면 누구나 자립해서 스스로가 살아갈 길을 찾아야 한다는 것을 배웠다. 나중에 정치 쪽에 있으면서 느낀 것은 청년 수당이니 복지니 해서 대중주의(포퓰리즘. 보통사람들의 요구와 바람을 대변하려는 정치사상. 활동)가 확대되는데, 이것은 어찌 보면 국가가 우는 아이 떡 주듯, 자립할 기회를 막는 것이 아닌가 생각한다. 국가 정책이나 사회 제도가 장애인이나 취약계층 등 자립이 어려운 이들에게는 복지 혜택을 줘야 하지만, 정신과 신체가 건강한 국민은 독립적으로 살아나가도록 해야 한다. 우리가 70년 전에 전쟁을 겪고 지금 이만큼 잘 산 게 된 것도 우리 국민이 근면, 성실한 결과다. 그런데 요즘 현대인들은 자립과 개척 정신보다는 문명의 편리함과 타성에 길들여져 있다. 이러한 안일한 생각과 타성에 젖어 있으면 국민성은 망가지고 그런 국가에 미래는 없다.

내 아버지는 1932년생이다. 아버지의 아버지(할아버지)가 무려 37살에 낳은 귀한 외아들이다. 할아버지가 15살 때, 할머니가 17살 때 결혼을 했지만 20년이 넘도록 자식이 없었다. 그러다가 할아버지가

37살, 할머니가 39살에 낳은 귀한 아들이 내 아버지이다. 그 시대에 옥이야, 금이야 얼마나 귀하게 자랐는지 그 어려운 일제강점기에 떡이면 떡, 아들이 원하는 것은 뭐든 지 해다가 주었다. 그래서인지 아버지는 자신에 대한 애착이 강했고 고집이 굉장히 셌다.

　　내가 일을 한다고 밖으로 바쁘게 돌아다닐 때, 손녀가 10대로 성장할 즈음, 아버지는 어느 날 자꾸 어디가 아프다고 하였다. 자식들이 의정부 성모병원에 아버지를 입원시켰다. 아버지의 쓸개가 많이 망가져 있었다. 병원에서는 쓸개만 떼어내면 된다고 했는데 당신은 "내 명대로 살게 내버려 두라"고 수술을 못 하게 하였다. 어느 누구도 손 쓸 겨를 없이, 아버지는 갑자기 당신 몸에 꽂혀 있는 바늘을 다 뽑아 냈다. 순간 아버지 몸은 피투성이가 되고, 옆에서 자식들이 말리고 의료진이 말려도 아버지를 당해낼 수가 없었다. 수술을 완강히 거부한 아버지는 결국 수술 시기를 놓쳤다. 통증을 달고 살다가, 얼마 안 가 쓸개가 터지는 바람에 운명을 달리했다. 간단히 쓸개만 제거했으면, 더 오래 살았을 아버지, 그렇게 당신의 손으로 허무하게 삶을 놓아버렸다. 그렇게 아버지는 만 70세가 되던 2002년 세상과 작별했다.

꽃처럼 살다 간 나의 누나

우리 집의 맏이이자, 나와 6살 차이인 우리 누나. 하나밖에 없는 나의 누나 이름은 이찬효이다. 누나는 심성이 착하고 온화한 성격으로 양반집 규수 같은 면모를 지녔다. 화목한 가정의 맏이로 태어나 아래로 남동생을 세 명이나 두었던 누나는 포천에서 고등학교를 마친 후, 일찌감치 취업해서 집을 떠났다. 인천에 있는 제일제당에 다녔던 누나는 어머니의 병세가 심해지자 회사에 사표를 내고 집으로 돌아온다. 누나는 암 투병하는 어머니를 지극정성으로 간호했다. 어머니가 나날이 쇠약해지며 서서히 숨이 꺼져가는 것을, 맏딸로서 그저 지켜봐야 하는 것이 얼마나 힘들었을까. 어머니는 우리 4남매와 연로한 시아버지, 그리고 사랑하는 남편을 남겨두고 우리 곁을 떠났다. 누나는 엄마를 잃은 슬픔을 뒤로하고, 세 명이나 되는 동생들의 엄마 역할을 했다. 그때 막둥이가 10살이었다. 평소 조용하고 차분한 누나는 아무리 힘들어도 내색을 하지 않았다. 묵묵히 할아버지와 아버지의 식사를 챙겨드리고, 동생들을 돌보면서 그렇게 어머니의 빈자리를 대신해주었다.

얼마 후 누나는 결혼을 해서 서울로 떠났다. 자녀를 낳고 행복하게 살던 누나는 고향인 포천을 늘 그리워했다. 남편이 환갑이 되면 포천으로 이사 와서 전원생활을 하고 싶다고 입버릇처럼 말한 누나는, 약속대로 포천으로 이사 왔다. 우리가 살았던 군내면에서 고개 하나 넘어가면 나오는 포천시 화현면에 터를 잡고 부부가 전원생활을 하며 행복한 나날을 보냈다.

누나는 자랄 때부터 꽃을 매우 좋아했다. 마당에 핀 이름 모를 들꽃부터 봄이면 포천 산자락에 흐드러지게 피는 개나리, 진달래, 철쭉, 아카시아 등 꽃놀이에 푹 빠지곤 했다. 꽃 속에서 환한 미소를 지었던 누나는 나이를 먹어도 늘 소녀처럼 꽃을 좋아했다. 그래서 누나는 누가 꽃씨와 꽃모종을 선물로 주면 그렇게 행복해했다. 직접 마당에 모종을 심어서 꽃을 가꾸고 그 꽃을 바라보는 것을 삶의 낙으로 삼을 정도였다.

그러던 어느 따스한 봄날, 누나는 이웃집 아주머니와 이야기를 나누게 된다. 아주머니는 꽃을 좋아하는 누나에게 물었다.

"혹시 빨간색 아카시아 꽃 본 적 있어요?"

"아카시아는 하얀 꽃이잖아요. 아카시아가 빨간색이 있다고요?"

"네, 빨간색 아카시아도 있어요!"

"저는 한 번도 본 적이 없어요. 그 꽃이 어디 있어요?"

"금주리 길가에 빨간 아카시아 꽃이 피어 있어요."

누나는 며칠 후, 남편과 함께 포천 5일장에 다녀오면서 영중면 금주리에 차를 세웠다. 이웃이 말한 빨간 아카시아가 정말로 금주리 길가에 가득 피어있었다. 누나는 처음 만난 꽃을 보며 함박웃음을 지었다. 휴대폰 카메라를 들고 연신 그 붉은 아카시아 꽃을 찍은 누나는 고등학교 담임선생님에게, 우리 형제들에게 친구들에게 방금 찍은 꽃 사진을 전송했다. 그렇게 누나는 사랑하는 사람들에게 꽃 사진을 보냈다. 그런 후 길을 건너려고 등을 돌리던 순간, 그만 덤프트럭이 누나의 작은 몸을 덮치고 말았다.

꽃을 사랑한 누나, 생애 처음 붉은 아카시아 꽃을 보며 행복해하던 누나는, 그 꽃보다 더 붉은 피를 흘리며 우리 곁을 떠나갔다. 내 기억 속에 누나는 천생 소녀다. 누나가 그토록 좋아하는 꽃과 함께 하늘나라에서 평안하게 지내기를 기도한다.

누나

햇살이 머무는 꽃밭
키 작은 채송화를
좋아했습니다

보랏빛 향기로운   빨간 아카시아 보러 갔다가
라일락꽃도   그 꽃보다
무척이나 사랑했습니다   더 붉은 피를 흘리고
                         꽃 찾아 멀리
                         떠나 버렸지

소녀 시절부터
꽃을
좋아했던 누나   꽃처럼 예쁜
                         우리 누나
                         하얀 뭉게구름 꽃밭에서
                         지금도
                         꽃구경하고 있겠지

새마을수련대회와 겹친 제주도 가족 여행

딸아이가 6살 무렵 우리 가족은 제주도로 여행을 떠나기로 한다. 이번 제주 여행은 같은 군내면에서 친하게 지냈던 두 선배와 부부 동반으로 가기로 했다. 이렇게 세 가족이 함께 여행을 가기로 하고 그 해 봄, 6월에 떠나는 2박 3일 제주 여행 상품을 일찌감치 예약했다.

그때 나는 지역에서 여러 가지 활동을 하고 있었는데 군내면의 새마을지도자협의회 회장이라는 직책을 맡고 있었다. 그 해 포천시

(당시 포천군)에서 주관하는 새마을지도자 수련대회가 열리는데 날짜가 잡혔다. 그런데 하필이면 우리 가족의 제주 여행과 날짜가 겹쳤다. 더구나 제주 여행 2박 3일 중에 딱 가운데 날짜가 행사 날이었다. 하늘도 무심하지, 이번에 제주도는 우리 가족뿐 아니라, 두 가족이 함께하는 여행이고, 더욱이 제주 여행은 아내를 위해서도 꼭 가야만 하는 여행이었다. 결혼 후 아내는 신혼 여행지로 제주도를 가고 싶어 했지만 나는 이번 신혼여행은 설악산으로 가고, 제주도는 아이를 낳으면 아이 손잡고 가자고 약속했었다.

새마을지도자 수련대회는 포천 내에 면, 읍 단위로 참여해 체육대회를 비롯해 각종 오락, 게임, 시상식 등이 열리고 포천 새마을 가족이 화합과 친목을 다지는 큰 행사였다. 군내면을 대표하는 회장으로서 대회에 빠진다는 것은 무척이나 어려운 일이었다. 그렇다고 첫 가족 여행인 제주 여행에 나를 빼놓고 가라고 할 수도 없는 노릇이었다. 이를 어떻게 해야 하나, 걱정스런 마음에 잠도 쉽게 이루지 못했다. 고민 끝에 행사를 준비하던 군내면 부녀회장을 찾아갔다. "미리 잡아 놓은 제주 여행이 행사 날짜와 겹쳐서 이러지도 못하고 저러지

도 못하고 있는 상황"이라고 말했다. 부녀회장은 "회장님, 괜찮습니다. 여기 일은 부회장에게 맡기고 편안한 마음으로 여행 다녀오세요." 하는 것이다. 그래도 내 마음은 편치가 않았다.

어느덧 날짜가 다가왔고 가족과 함께 제주도로 출발했다. 첫날 제주에 도착해 아이는 매우 신이 나서 놀고, 세 가족이 모여 저녁식사를 했다. 그런데 나는 입맛이 느껴지지 않았고 그 자리에 있는 것이 편하지가 않았다. 내 머릿속은 온통 내일 열리는 새마을지도자 수련대회에 가 있었다.

'도무지 안 되겠다. 내일 아침 비행기로 가야겠다.'

나는 염치 불구하고 가족에게 말하고 다음날 새벽 공항에서 첫 비행기를 타고 올라간다.

당일 오전, 새마을지도자 수련대회가 열리는 행사장에 내가 떡하니 나타나니 다들 놀라는 얼굴이었다.

"아니, 회장님 여기에 어떻게 오신 거예요? 제주도에 같이 안 가셨어요?"

"제가 마음이 편치 않아서 올라왔습니다."

"그럼 아예 올라오신 거예요?"

"끝나고 저녁에 다시 가야죠."

행사는 성황리에 잘 끝났고, 나 역시 묵은 체증이 내려가듯 아주 편안한 마음이 되었다. 다시 저녁 비행기를 타려고 공항으로 가려는데, 부녀 회장이 나를 불렀다.

"회장님, 이거 얼마 안 되는데, 비행기 값 하세요."

부녀회장은 돈 봉투를 내밀었다.

"아니, 괜찮아요. 안 받겠습니다."

"우리 회원들의 작은 마음이니 받아주세요."

괜찮다고 손사래 치는 내게 부녀회장은 끝내 봉투를 쥐어주었다. 내가 행사에 나올 거라고는 꿈에도 생각 못한 사람들이 마치 깜짝 쇼처럼 나타난 나를 보고 적잖이 감동을 받은 듯하다. 나는 감사하는 마음으로 그분들의 마음을 받았다.

저녁 비행기로 제주에 도착해 가족들을 다시 만났다. 그 때가 여름이었는데 여섯 살 딸아이가, 신이 나서 물장구치고 재미있게 놀았다는 얘기를 듣고 안심이 되었다. 다음 날 남은 제주 일정을 보내고 오후 비행기로 다 같이 올라왔다. 가족에게는 미안한 마음이 있었지만 어쨌든 여행도 잘 마치고 행사도 잘 마치면서 당시 내가 할 수 있는 최선의 선택을 했다고 생각한다. 이렇게 단체장이라는 직책은 누구보다 책임이 크고 막중한 자리이다. 이때의 일을 계기로, 나는 미리부터 여행을 예약하는 일을 하지 않았다.

포천시 군내면, 공동체 활동에 눈 뜨다

우리가 살아가는 공동체의 가장 작고 기본 단위가 '가정'이다. 가정은, 한 가족이 함께 살아가며 생활하는 사회의 가장 작은 혈연공동체이다. 누구나 가정 안에서 태어나고 자라며, 가족과 함께 생활을 영위한다. 따라서 인간에게 가장 친밀한 혈연집단이 가족이며, 가정은 가족과 생활을 영위하는 본거지이자, 개인이 거하는 최초의 사회적 환경이다. 우리 집안은 수 백 년 전부터 대대로 포천군(시) 군내면에 터를 잡고 살아왔다.

군내면(郡內面)은 포천시 중남부에 있는 면이다. 동쪽으로는 옛 포천의 진산(鎭山)이라 하는 '수원산'이 있다. 남쪽으로는 가산면, 북쪽으로 신북면, 서쪽으로는 포천천을 경계로 포천동과 접하고 있다. 주변은 대체로 낮은 산지와 평야를 이루고 있다. 군내면은 대부분 자연부락 단위의 집성촌인 문중 마을로 구성된 전형적인 농촌지역이다. 이 지역에는 조선시대 문신 이성길, 서예가 이서, 무신 이수창 등 뛰어난 인물이 많았다. 이후 국민총리를 지낸 이한동 등 인재를 배출하였다. 고장의 문화재로는 반월성지(사적 제403호), 포천향교(경기도 문화재 자료 제16호)가 있으며 천연기념물로 지정된 '부부송'은 수령이 약 300년이다.

포천시 군내면 이 씨 문중으로 대대로 이어온 고택에서 나고 자란 나는 지금까지도 우리 마을에 살고 있다. 마을에서 효부 소리를 들으며 할아버지를 모시고, 많은 식구를 건사한 어머니의 삶을 보면서 나는 우리 가정에 남다른 애착과 정을 키웠다. 성인이 되면서 나는 가정을 넘어서, 우리 고장과 이 사회에서 소중하게 가꾸고 지켜야 할 가치가 무엇인지 어렴풋이 깨달아 갔다.

나는 군 제대 후 집을 떠나지 않고 할아버지와 아버지를 보살펴 드리면서 농사를 짓고 살았다. 그러다가 결혼 후 가정의 안정을 찾은 나는 가정 공동체를 확장해 우리 마을과 지역 공동체에 많은 관심을 가졌다. 이후 자연스럽게 잘 사는 농촌 마을, 모두가 행복하게 살아가는 지역 공동체를 위한 활동에 발 벗고 나섰다. 보수가 주어지지 않은 순수한 봉사활동이었지만, 30대가 되면서 나는 지역에서 일어나는 일이라면 자다가도 벌떡 일어날 정도로 왕성하게 활동했다. 마을

청년회 회장을 비롯해 군내면 새마을지도자협의회장, 군내면 개발자
문의원, 농업경영인포천연합회 운영이사, 포천군새마을지도자협의회
총무, 포천시 지방재정계획심의위원회 의원, 청성초등학교 운영위원
장 등을 맡으며 지역에서 다양한 이력을 쌓았다.

30대 한창 혈기왕성한 시기에 남다른 기운과 열정으로 우리
지역에 도움이 필요한 곳이면 어디든 뛰어다니며 외부 활동에 전념했
다. 그러다 보니 가정생활에는 소홀해지고, 무보수 활동이다 보니 집
에 변변한 생활비를 갖다 주지 못 했다. 하지만 나는 보수가 없어도
지역의 일이라면 뭐에 홀린 사람처럼 신명나게 일했다. 몸은 고달파도
심장은 뜨겁고 마음은 기쁨으로 넘쳐났기에, 우리 지역 공동체를 향한
여정을 멈추지 않았다.

전나무

너무 꼿꼿한 자세
그렇게까지 딱딱하게 서 있을 필요 없는데
쉽게 다가가기 전
조금은 불편해 보인다

초록을 입고는
옷자락 끝에 때가 꼬질꼬질해도
눈치가 없는지
갈아입을 생각 하지 않을 듯

분다
작렬한다
쌓인다

되돌아보면 수백 년 전
전쟁의 승리를 이끈 장수처럼
시간이 흘러도 변함없이 푸르고
허리조차 휘지 않는 당당함

오늘도 숲을 지킨다

대통령 후보 경선에 발 벗고 나서다

　　1997년 15대 대통령 선거를 앞두고 우리 포천 출신인 이한동 의원이 대통령 후보로 나섰다. 경기도 포천에서 태어난 이한동 의원은 1947년에 포천청성국민학교를 졸업하고 서울에서 학업을 이어갔다. 서울대 법대를 졸업하고 서울지법 판사, 서울지검 부장검사 등을 지내다가 1981년 정계에 입문하였다. 민주정의당 소속으로 경기 연천군, 포천군의 제11 · 12 · 13대 국회의원을 역임했고 이름이 바뀐 보수 정당에서 14, 15대, 그리고 2000년에 제16대 총선에서 6선 의원이 되었다. 자민련 수석부총재를 거쳐 제33대 국무총리를 지냈다. 그는 보수 우파의 정치인으로서 대화와 타협을 중시하는 정치인으로 국민과 우리 포천 시민의 존경을 받았다.

1990년대 우리 지역에서 청년회 회장 등 다양한 공동체 활동을 했던 나는 1997년에 신한국당 대통령 후보 경선에 출마한 이한동 의원의 지지를 위해 발 벗고 나섰다. 그때 신한국당 대통령 후보로 이회창, 이인제 등이 나왔다. 경선에서 승리해야 본선에 대통령 후보로 나서게 된다. 우리 포천에서 사상 처음으로 대통령 후보가 출마한다는 사실만으로도 매우 고무적인 일이었다.

경선이었지만 작게나마 조직을 꾸리고, 당에서 대의원(정당이나 단체의 대표로 선출되어 회의에 참가하여 토의나 의결 등을 행하는 사람)의 명단을 받아, 차를 타고 대의원의 집을 찾아다니며 지지를 호소했다. 내비게이션이 없던 시절이라, 지도만 달랑 가지고 외진 시골 마을, 골목골목을 다니며 집집마다 물어물어 찾아다녔다. 당시 군 의원, 읍면 책임자들이 조를 짜서 대의원들 주소를 들고 찾아다녔던 것이다. 우리 조는 강

원도와 충청도를 맡았다. 그때는 무더운 여름이었는데 온 몸은 땀으로 젖었고 장거리 여정이다 보니, 잠 잘 곳은 늘 차 안이었다. 젊어서는 그것이 고생인지도 모르고, 그저 우리 지역 인사를 대통령 후보로 만들겠다는 뜨거운 가슴 하나로 나섰다. 그렇게 젊은 일꾼들은 두 달 동안 현장을 다니며 열정을 불태웠다. 경선 결과는 아쉬웠다. 이한동 의원은 이회창, 이인제 후보에 이어 3위에 그쳐 당의 대통령 후보가 되지 못했다.

부족한 아빠, 미안한 남편

　나는 서른 살에 결혼했는데 당시에는 만혼이라고 해서 상당히 늦은 나이였다. 내가 결혼했던 1987년 당시는 국가적으로 산아 제한 정책이 있던 시기이다. 우리나라는 6.25 한국 전쟁 이후로 인구가 엄청나게 늘어났고 1955년부터 1963년까지 태어난 약 730만 명의 출생자들을 '베이비 붐(Baby boom)' 세대라고 하였다. 나는 58년 개띠로 베이비 붐 세대의 대표 주자였다. 당시 넘치는 인구 증가를 주체하지

못 하면서 정부는 인구를 감소시키려는 산아제한 정책을 추진하였다.
이처럼 1960년대부터 1970년대, 1980년대에는 출산을 억제하기 위해
부단히 애쓰던 시절이었다. 나처럼 베이비 붐 세대가 부모가 될 무렵
에는 더욱 강력한 산아 제한 정책이 지배하고 있었다. 당시 '아들 딸
구별 말고 둘만 낳아 잘 기르자'고 했고, 이후에는 '잘 키운 딸 하나
열 아들 안 부럽다'로 남아선호사상도 바로 잡고, 하나만 낳자는 표어
도 등장했다. 이러한 국가적 시책에 맞게 나는 '잘 키운 딸 하나 열 아
들 안 부럽다'라는 말처럼 딸 하나만 낳았다.

아이가 성장하면서 부모로서 느낀 것은, 형제가 없다 보니 '아이가 많이 외롭구나.' 하는 것이었다. 그렇다고 자식 하나 있는 거, 아비로서 살뜰히 보살피지 못했다. 일찌감치 정치 쪽에 발을 들여놓으면서 가정생활에 충실한 가장이 되지 못한 것이다.

아이가 4살 되던 1991년, 지방자치제가 부활하면서 지방의회 선거가 치러졌다. 이후 1995년에 지방자치단체장 선거가 열리면서 오늘에 이르기까지 완전한 지방자치제가 정착하게 되었다. 나는 1991년 우리 지역의 L모 후보를 지지하면서 그의 선거 캠프에서 일했다. 주변 사람들과 함께 L모 후보를 당선시키는데 온 힘을 쏟았다. 30대 초반에 선거일에 뛰어들면서 밤낮으로 외부 활동에 전념하였고 내가 지지하던 L모 후보는 당선되었다. 선거일이라는 게, 그 일에만 전념하면서 발로 뛰는 일이기에 다른 일은 일체 신경을 쓰지 못한다. 오로지 당선을 목표로 불철주야 뛰다 보니, 다른 것에 신경 쓸 시간적, 정신적 여유도 없었다. 그러다 보니 정작 내 가정에는 소홀해질 수밖에 없다. 내 지역의 존경하는 후보를 당선시키기 위해 정치판에 우연히 발을 들여놓은 후, 나는 공익과 봉사활동에 자연스럽게 빠져들었다. 우리 지역의 일, 공동체 일이라면 뭐든지 쫓아 다니며 바쁘게 봉사활동을 하다 보니, 상대적으로 가정을 돌보지 못했다.

그저 아이의 학비를 대주고 매일 아침, 차량으로 출근하면서 중간에 아이를 통학시켜주는 것이 아버지로서 했던 일의 전부였다. 바깥일에만 정신을 쏟느라, 아이를 관심 있게 돌보지 못 했고 시간을 함께 하지 못했다. 하나밖에 없는 외동딸과 손잡고 놀이공원이나 소풍 한번 가지 못한 아비였다. 아이가 한창 자라던 시기에도 다른 가족처럼 함께 밥 먹고 놀러 가는 등 그저 평범한 일상조차 못 해봤으니 딸아이와 함께 한 추억이 없다.

지금 돌아보면 아비로서 너무도 부족했구나, 딸에게 미안한 마음이 크다. 자식이 많은 것도 아니고, 딸 하나 있는데, 성장하면서 사랑을 주지 못했던 것이 아버지로서 늘 마음에 걸리고 미안하다. 어느덧 30대인 딸은 열심히 공부하고 모범생으로 잘 자랐다. 딸은 중학교까지 포천에서 마치고 고등학교를 의정부에서 다녔으며 서울에서 대학교, 대학원을 졸업했다. 독립적으로 자라면서 스스로가 앞길을 계획해 현재 좋은 회사에 취직해 다니고 있다. 아버지로서 해 준 게 없는 나로서는, 그런 딸이 그저 대견할 뿐이다.

　　　결혼 후 얼마 안 돼, 우리 지역의 한 후보를 지지하며 열심히 선거 운동을 했지만 그때는 자발적 봉사활동이라 보수가 없었다. 그렇다 보니 가장으로서 집에 변변한 생활비를 갖다 줄 수가 없었다. 당시 버섯재배사 2동을 짓고 느타리버섯을 키웠는데, 이것조차 내가 시간이 안 되니 아내가 도맡아 했다. 당시엔 볏짚을 만들어 그 안에 연탄불을 피워 온도를 따뜻하게 유지하고 균을 접종해 발아하면 느타리버섯이 자라난다. 온도, 습도, 환기 등을 잘 관리해서 버섯을 재배하고 수확하면 내다 팔아야 하는데, 나는 농사 일만 벌여 놓고 바깥 활동을 해서 아내가 다 맡아서 해야 했다. 아내는 바깥일에 바쁜 남편을 대신해 느타리버섯을 키우며 알뜰하게 가정을 꾸려갔다. 그런 남편이 미울 법한데도, 아내는 남편이 하는 일을 이해하고 묵묵히 뒷바라지를 했다. 돌아보면 딸에게는 부족한 아빠, 아내에게는 참으로 미안한 남편이었다. 가정에 충실하지 못한 남편임에도 아내가 큰 불만 없이 자녀를 키우고 가정을 잘 꾸려갔기에, 내가 자유롭게 정치활동을 펼쳐나갈

수 있었으리라. 지면을 빌어 아내에게 고맙고 사랑한다는 말을 전하고 싶다. 또한 부족한 아버지임에도 잘 성장한 딸에게 정말 고맙고 자랑스럽다고 말하고 싶다.

바보

사람들이
좋아합니다

무척이나
좋아합니다

영문도 모르고
덩달아 좋아하는

나는
바보인가 봐

마흔 살 정치 신인에서
연륜의 정치인으로

〉〉〉〉〉〉〉〉

시민이 부른 머슴으로서 우리 포천시를 위해 뛰는 진정한 봉사자가 될 것이다. 우리 지역의 참 일꾼으로, 그렇게 초심을 잃지 않고 내가 가진 역량을 펼쳐 나갈 것이다.

시민을 위한 희생과 헌신, 봉사의 삶은 내 숙명이다. 내가 걸어왔던 길 그대로, 앞으로도 그렇게 변함없이 이 길을 걸어갈 것이다. 지난 10년과 다른 점이 있다면 그동안 접어두었던 날개를, 이제는 활짝 펴고 비상하고자 한다. 2022년, 나는 지금 출발선에 서 있다.

3부_

정치 입문, 첫 선거 유세

모든 일을 제쳐 두고 열심히 일하지만 보수가 주어지지 않는 일. 가정에 충실할 수 없고, 어떤 취미활동이나 개인의 사생활 없이 그저 한 가지 목표를 위해 달려야 하는 일. 예나 지금이나 선거일이 그렇고 정치판이 그렇다. 이 판에 뛰어든 이상, 개인의 삶이라는 것은 따로 없었다. 한마디로 나는 공인의 삶을 살아왔다. 공인의 삶은 불타는 사명감과 봉사 정신이 없으면 애초에 불가능하다. 우리 지역의 발전을 위해 헌신한다는 각오와 시민을 위해 내 한 몸 바쳐 일한다는 마음이 없었다면 결코 이 일을 지속할 수 없을 것이다. 대개 공인의 삶이라는 게 그렇다. 자신의 신념에 부합하는 일과 목표에 매진하느라, 가정을 제대로 돌보지 못해도, 그 삶을 숙명으로 여기며 끊어내지 못한다. 30대 초반에 발을 들여놓은, 공동체적인 삶이 나에게는 숙명이자 운명이었던 것이다.

　　1998년, 내 나이 만 마흔 살에 처음 선거에 출마하게 된다. 그동안 다른 사람의 당선을 위해 수없이 뛰고 지지를 호소해 왔는데, 이제는 내가 주인공이 되어 나의 지지를 호소하고 연설해야 하는 지점에 온 것이다. 예전에는 선거 기간 중 지정된 학교 운동장에서 후보자 간 연설회가 있었다. 수많은 시민들 앞에서 연단에 올라 마이크 대고 쩌렁쩌렁한 목소리로 지지를 호소한다.

　　후보들 중에 누가 먼저 연설을 할 것이냐, 제비뽑기로 순번을 정하고 연단에 선다. 연단에 서면 지역 발전을 위한 개발, 시민의 행복한 삶을 위한 실천 방안 등 공약과 비전을 발표한다. 그런데 대개는 시민들이 이런 연설회에 관심이 없다. 먹고살기 바쁘기도 하지만 정치에 별 관심이 없으니 연설회장에 오지 않는다. 그렇다 보니 후보자를 중심으로 편이 갈라지고, 일부 후보자는 자신의 세를 과시하기 위해 친구, 지인, 사돈의 팔촌까지 지지자들을 끌어 모은다. 그때는 후보의 자질이나 공약 보다, 본인의 지지자들을 끌어 모으는데 열을 올렸다. 한번 연설회가 열리면, 후보 친구에게는 몇 명 데리고 나와라, 마을 주민들은 몇 명 나와라 하는 등 본인의 지지자들을 잔뜩 불러놓고 세를 과시하는 것이 관행이었다.

내가 군의원에 처음 출마할 당시, 후보자가 단 두 명이었다. 나와 J후보 두 명이 경쟁을 벌인 것이다. 연설회 날, 상대방이 제비를 먼저 뽑아 연설을 시작하였다. 포천군 의원 후보로서 시민들 앞에서 인사말을 하고 공약을 발표하는 자리인지라, 나는 긴장을 하면서 가만히 듣고 있었다. 그런데 상대방 후보가 연설 중간부터 갑자기 상대 후보를 비방하는 것이었다.

"상대 후보는 부모를 모시기 싫어서 형제들의 집을 다니며 떠돌아다니게 하였습니다. 연로한 아버지를, 한 달은 서울에 있는 누님 집에, 또 한 달은 형님 집에 맡기고, 그렇게 부모를 봉양하기 싫어서 이 집 저 집에 맡겼다고 합니다."

순간 당황하고 기가 찼으나 연설은 토론이 아니기에, 거기서 반박할 수 없어서 잠자코 있었다. 연설은 주어진 시간 안에 혼자서 말하는 시간이므로 거짓말을 하든, 무슨 말을 하든, 그 사람의 권한이다.

평생에 내 아버지는 무척 완고한 성격으로, 잠자리가 바뀌면 잠을 못 자는 분이다. 어쩌다가 먼 친인척 집에 가도 금세 집으로 돌아온다. 그렇게 평생 당신이, 남의 집에서 주무신 게 한 달이 채 안 된다. 그런 내 아버지를, 형제들 집으로 내돌렸다고 하니 정말 기가 막힐 노릇이었다. 공약을 발표하는 연설회장에서 왜 이런 얘기를 꺼내는지, 어떻게 이야기를 그렇게 꾸며내는지, 그 노력이 가상해 보였다.

황당한 일은 그 다음에 또 일어났다. 연설이 끝나고 그 후보가 퇴장하니, 갑자기 좌중에 한 무리의 사람들이 우르르 나가는 것이다. 마치 썰물이 빠져나가듯 싹 사라져 버렸다. 자기 연설이 끝나기가 무섭게 상대 후보의 '김 빼기' 작전에 돌입한 것이다. 결국 좌중에 남은 이들은, 내 연설을 듣기 위해 남은 순수한 지지자들이었다. 나는 덤덤한 표정으로 연단에 올라 연설을 시작했다. 먼저 포천 군내면에서 가족 대대로 살아온 내가 이 자리에 선 것이 대단한 영광이며, 우리 지역의 무한한 발전과 시민 모두의 행복을 위해 군의원에 도전하였다고 밝혔다. 또한 지역과 시민들을 위한 공약을 하나하나 발표하며 의원이 되면 꼭 실천하겠다고 의지를 피력했다. 그런 후 나는 연설 말미에 이러한 말을 덧붙였다.

"귀한 시간을 내주신 여러분 앞에서 공약 발표를 하는 귀한 자리에서 상대 후보를 언급하는 것은 도리가 아니지만, 이 말은 꼭 하고 넘어가겠습니다. 좀 전에 제가 아버지를 모시기 싫어 형제 집을 전전하며 아버지를 내돌린다고 했는데, 그게 사실이라면 어떻게 그런 사람이 효자상을 받을 수 있겠습니까? 어떻게 어버이날에 국회의원이 주는 효자상을 받고, 내 부인은 포천향교의 교장격인 '전교'로부터 효부상을 받을 수 있겠습니까? 아무리 남을 밟아서라도 이기려고 하는 게 선거라고 하지만, 이런 선거는 더 이상 없었으면 합니다. 선거에서 거짓말은 남의 인격을 파괴하고 한 집안을 파탄에 이르게 하는 중한 죄입니다. 다시는 우리 사회에 이런 유언비어를 퍼뜨리는 선거 유세가 없어져야 합니다. 한 지역의 의원이 되고자 하는 사람은, 그 지역의 미래와 발전, 군민의 행복과 안녕에 관계된 비전과 공약을 실천하는 일꾼이 되어야 합니다. 그런데 상대 후보를 비방할 목적으로 없는 이야기를 지어내고 떠나버리면, 이런 연설회가 무슨 필요가 있겠습니까? 또한 두 후보자의 연설을 모두 듣고 진지하게 한 후보를 선택해야 할 유권자가 본인의 지지자 연설만 듣고 빠져나간다면, 이 또한 연설회를 해야 할 의미가 있겠습니까? 이렇게 할 바엔 차라리 연설회가 없어져야 합니다."

나는 최소한 유권자들이 잘못된 정보를 갖지 않도록 진실을 이야기했으며 이러한 행태가 관행이었던 당시 연설회의 무용론을 주장했다. 내 생각대로 훗날 연설회는 서서히 자취를 감추고 말았다.

허수아비

풀벌레 우는 밤
소슬바람이
뜨거웠던 여름 저만치 밀어내면

하늘거리는 코스모스
가을을 불러온다

햇살에 땀이 영글어가고
하얀 구름 피어오르면
들판에 어김없이 그대
서 있구나

가거라 떠나라
소리 질러도 돌아오는 건
공허한 울림

한해 지나
또다시 만나자

생애 첫 당선, 포천의 기초의원으로 입문

1998년 6월, 지방자치로 치러진 선거에서 마침내 나는 군의원으로 생애 첫 당선의 기쁨을 맛본다. 내 고향 포천에서 의회에 첫 입성하였고 본격적인 정치 인생의 막을 열었다. 그 해 7월 1일부터 군의회 의원으로 4년 임기를 시작하였다.

의원은 선출직인 만큼 유권자들의 신뢰와 평판이 중요하다. 나는 기본적으로 성격이 내성적이고 과묵한 편이라, 당시 외부에서

"저 양반, 마냥 순하고 사람이 착해서 뭐 하겠느냐?"고 약간의 우려를 했다. 아무래도 의회라는 곳이 만만찮고 호락호락한 곳이 아니다 보니, "저 순진한 사람이 의회에서 말이나 제대로 하겠느냐, 마음이 여려서 상처나 입지 않겠느냐?"고 면민들이 걱정을 했다. 나는 걱정하지 마시라고, 의회는 논리적인 싸움을 하는 곳이니 잘 헤쳐 나가겠다고 스스로에게 다짐하듯 말했다.

그때 의회는 의장, 부의장, 내무위원장, 산업건설위원장, 운영위원장 해서 자리(직제)가 5개 있었다. 의회에 들어온 후, 업무를 배우고 습득하는데 바빴다. 그런 와중에 내 한참 선배이자, 내가 지지하고 당선을 도왔던 이모 의원이 많은 조언을 해주었다. 그는 의원에서 포천시의회 초대 의장까지 지내고 정치에 잔뼈가 굵은 사람이었다. 그는 나에게 "초선이 의회에 들어왔는데, 의장단에 욕심부리지 말고 업무부터 열심히 배워라. 특히 자리 욕심내지 말라."고 당부했다. 그러면서 그는 먼저 큰 틀에서 의회를 파악하려면 결산검사 대표를 하라고 조언했다. 결산검사대표위원회는 1년에 한 번 일정기간 동안 운영하는 한시적인 위원회인데, 포천시 전년도 예산이 운영되고 결산되는 과

정을 체크하는 임무를 맡은 곳이다. 따라서 이 결산검사대표위원회에
서 활동하면 포천 전체 경상비, 복지비, 도로사업비 등 전체 예산 흐
름을 파악하면서 전반적으로 포천시가 돌아가는 상황을 알게 된다. 초
선으로 들어와 첫 업무를 결산검사대표위원회에서 하게 되었다. 마흔
살에 초선의원이 되고 결산검사대표위원회에서 2년 정도 활동하면서
업무를 습득해 나갔다. 한 해 동안 우리 포천의 예산이 이렇게 책정되
고, 각 분야별로 이렇게 배분되고 사용되는구나! 예산의 흐름은 우리
포천의 살림살이를 한눈에 살펴보는 이정표였다. 이렇게 나는 예산에
맞춰 우리 지역이 돌아가는 사정을 훤히 들여다보면서 흐름을 파악했
으며 초선의원으로서 맡은 소임을 다하며 적응해 나갔다.

    2년 후에는 산업건설위원장을 맡았고 열심히 활동하면서 4년 임기를 무사히 마쳤다. 초선으로 의회에 들어와서 선배 의원의 조언대로 욕심부리지 않고 정도를 지키며 열과 성을 다했다. 그래서인지 초선임에도 좋은 평가를 받으며 임기를 잘 마무리할 수 있었다.

가을

노오란 가을 노래가
들린다
텅 빈 마음처럼

빨간
가을바람이 지나간다
생각에 잠긴
얼굴을 바라보며

낙엽
땅 위를 덮어
뒤돌아 걸어가는
작별의 순간

세월도 가고
인생도 가지만

또 다른 만남이
다가오는 것을

두 번째 도전, 기적의 1표 차 당선

4년 임기를 마친 2002년, 또다시 지방선거가 돌아왔다. 이번 선거는 지난 1998년 선거 때처럼 같은 후보 두 명이 붙는 '리턴 매치 (Return match)'가 되었다. 전 선거에서 낙선한 경쟁자와 또 붙은 것이다. 그때는 공천제가 아니어서 선거에 나오고 싶으면 자유롭게 나왔다. 후보가 특정 당에 소속된 것은 아니었지만 보수니, 진보니 하는, 어느 정도 성향은 가지고 있었다.

지방 선거가 다가오자 많은 면민들은 "자네가 다시 나가서 상대 후보를 이겨야 한다."고 말하곤 했다. 나 역시 이번 선거에도 출마할 마음이었다. 편안한 마음으로 선거를 준비하고 있는데, 선거일이 가까워질수록 이상한 말이 돌았다. 그때 나는 포천 군내면 출신 국회의원의 일을 물심양면으로 돕고 있었다. 그런데 한 지인이 내게 와서 "자네를 적극 지지했던 사람이 이번 의원 선거에 출마한다는데 어떻게 된 거냐?"고 물었다. 나는 "그게 말이 되느냐? 그분이 나에게 이번에도 꼭 출마해서 이겨야 된다고 했는데, 사실이 아닐 것"이라고 응수했다.

대개 지역 국회의원 아래에는 읍, 면, 동 조직의 책임자들이 있다. 그들 중에서 선거에 나온다고 하면 가장 위 단계의 측근인 국회의원이 모를 리가 없는 일이다. 선거에 나온다는 군내면 책임자는 이장을 오랫동안 지낸 군내면 토박이였다. 두 명이 대결하는 것으로 알고 '리턴 매치'로 준비하고 있었는데 갑자기 3자 구도가 된 것이다. 더구나 나와 새로 출마하는 후보의 성향이 겹치다 보니, 내 쪽의 표가 쪼개지는 상황이 됐다. 하지만 나는 이미 초선을 했고, 무슨 자신감인지 표가 갈라지는 상황을 크게 개의치 않았다. '면민들은 내 편일 거야, 다른 사람이 나온다 해도 달라질 것은 없어. 나는 지난번 선거처럼 상대방 후보를 이기고 말거야.' 주변 사람들 역시, "너는 여론이 좋은데, 걱정하지 마라. 편하게 준비하면 돼" 하면서 나를 안심시켰다.

　　선거 운동이 한창이던 6월은 한낮에 푹푹 찌는 날씨였다. 포천은 대부분이 농촌이라 농사를 짓는데 그때가 농번기라 시민들을 만나기가 어려웠다. 하루 종일 돌아다녔지만 사람들을 많이 만나진 못했고 더위에 지쳐서 사무실에 돌아오면 녹초가 되곤 했다. 적당히 해도 된다는 주변 사람들의 말대로, 나는 느긋한 마음을 가졌다.

　　어느덧 선거일이 다가왔다. 당일에 투표가 모두 끝나고 우리는 사무실에서 선거 결과를 기다렸다. 당시에는 손으로 일일이 투표용지를 세어 집계하는 방식이라 시간이 오래 걸렸다. 관내 실내종합체육관에 모인 집계원들이, 각 읍, 면, 동에서 들어오는 순서대로 투표함을 열어서 집계를 했다. 그런데 개표가 한창 진행되던 새벽 1시경에 이상한 기운이 흐르기 시작했다. 여전히 사무실에 앉아 결과를 기다리고 있는데 우리 측근 사이에서 '졌다' 라는 말이 나온 것이다. 새로 나왔던 후보는 일치감치 뒤쳐졌고 리턴 매치한 상대 후보와 내가 엎치락 뒤치락했던 것이다. 어떻게 보면, 내게 올 표를 새로운 후보가 가져간 셈이니 내가 불리한 상황이었다.

새벽 3시가 됐을 무렵, 잠정 집계가 나왔다. 결과는 5표 차로 내가 졌다는 것이다. 현장에 있던 운동원이 전화로 알려왔고, 새벽녘까지 남아서 고생한 우리 캠프 사람들을 볼 면목이 없었다. 선거 사무실의 분위기도 급격히 굳어져갔다.

"이 선거의 결과는 전부 저의 책임입니다. 여러분은 저 이상으로 열심히 노력했는데 제 부덕의 소치로 이런 결과가 나와서 여러분께 드릴 말씀이 없습니다. 지금 너무도 피곤할 텐데, 얼른 집으로 돌아가서 쉬시고, 오후에 나와서 해단식을 하고 마무리했으면 좋겠습니다."

나는 아내와 함께 차를 타고 집으로 왔다. 몹시 피곤했는지, 정신적 충격이 컸는지, 옷을 갈아입지 못하고 그대로 침대에 누웠다.

그저 잠시 눈만 붙이고 오후에 나가야겠다고 생각했다. 누웠지만 잠은 오지 않았다. 그런데 얼마나 지났을까. 갑자기 전화벨이 쉴 새 없이 울리는 것이다. 그 시간에 받는 것도 귀찮고 소리는 시끄럽고 아내에게 받으라고 했지만 아내는 싫다는 내색을 했다.

"당신이 받아봐!"

"왜 나보고 받으라 그래요?"

"그냥 받으라니깐!"

"당신이 지고서 왜 나한테 화를 내요?"

결국 몇 번의 실랑이 끝에 아내가 전화를 받았다. 아내는 몇 마디 주고받더니, 뜻밖의 말을 전했다.

"다시 사무실로 나오라는데요?"

"이 시간에 사무실에 왜 나가?"

"지금 난리가 났다는데요?

"왜?"

"당신이 이겼다고요!"

"뭐라고?"

이게 웬 자다가 봉창 두드리는 소린가 하고, 입었던 복장 그대로 다시 차를 타고 사무실로 나갔다. 새벽 5시경에 나온 최종 결과는 나의 승리였다. 그것도 단 한 표차로. '세상에 이런 일'이라는 말이 절로 나왔다. 지옥에 갔다가 천당으로 돌아온 기분이었다.

집계 때 군내면 투표함이 뒤에 있어 늦게 집계됐고, 또한 유효표인지, 무효표인지 경계가 모호한 표들을 따로 빼놓고 나중에 집계했는데, 최종적으로 이런 표들을 모두 집계한 결과 딱 1표 차이로 내가 당선된 것이다. 당시 포천에서는 선거관리위원장 역할을 법원장이 했는데, 최종적으로 선거관리위원들과 심의 후, 법원장이 최종 판정을 한 것이다. 사무실에 왔더니, 다들 모여서 축하하고 난리도 아니었다. 뒤늦게 케이크를 자르고 샴페인을 터뜨리는 웃지 못할 해프닝을 겪었다.

반대로 상대 캠프는 몇 시간 차이로 상황이 역전됐다. 그쪽은 이긴 걸로 알고 케이크와 샴페인을 터뜨렸는데, 잠시 후 낙선이라는 결과를 받은 것이다. 상대 후보는 결과에 불복하여 재검을 요청했고 '투표함 증거보존 신청'이 이뤄졌다. 결국 투표함을 그대로 보존해서 상급기관인 경기도 선거관리위원회로 갔고, 거기서도 재검한 결과는 같았다. 단 1표 차로 승패가 결정된 것이다.

어찌 보면 선거는 전쟁과도 같다. 느슨한 정신 상태로 전쟁에 임했다가, 금세 적군에게 총 맞아 죽는 것처럼 선거 역시 잠시만 방심해도 쉽게 패배하고 만다. 나는 두 번째 선거를 치르면서 시민의 한 표 한 표가 얼마나 소중한 것인지를 뼈저리게 경험했다. 그렇게 의원으로 두 번째 당선이 된 후, 가장 먼저 군내면민들에게 감사 인사를 다녔다. 그런데 재미있는 일이 벌어졌다. 친구, 지인, 이웃 등 만나는 사람들마다 한 마디씩 한다.

"의원님, 내 덕에 당선된 거 알지요? 제가 안 찍었으면 당선 안 됐잖아요?"

"너는 내가 당선시킨 거야. 바빠서 투표 안 하려다가 했는데 당선됐잖아!"

"내 친구가 투표 안 한다는 거 겨우 데려다가 했는데, 덕분에 당선됐네요?"

사람들 말이 모두 맞다. 한 표 차로 당선이 됐으니, 누구도 틀린 말이 아니다. 만약 한 명이라도 내게 투표를 하지 않았다면 나는 의원이 되지 못했을 것이다.

선거에서 한 표차로 승패를 가르는 일은, 그야말로 아주 드문 일이다. 전국에서도 일어나기 희박한 일이지만, 그때 포천에서 처음 있는 일이었다. 어떤 이는 내게 관운이 있어서 한 표 차로 이긴 것이라고 했다.

인생

꽃 피는 봄
향기에 취했습니다

태양이 부서져 내리는 날
하얀 파도는 영원히 밀려오는 줄 알았습니다

산자락 그레고리의 변신이 시작 되어도
그곳에 머무는 줄 알았습니다

낙엽이 뒹굴며 옛 이야기 나눌 때
그때야 광야에 홀로 있다는 것

이제 알았습니다

폭우 속의 장례식, 어머니 옆에 아버지를 모시다

2002년 포천군 의원으로 출마한 두 번째 선거에서 기적적으로 당선된 후 20여 일이 흐른 7월 말에 아버지께서 돌아가셨다. 아버지는 병상에서 나의 당선 소식을 듣고 기뻐하셨다. 자식 된 도리로, 아버지가 좋은 세상을 더 많이 봤으면 했고 자식과 손주들이 행복하게 사는 모습도 보여주고 싶었다. 하지만 아버지는 자신의 아내 곁으로 홀연히 떠났다.

아버지의 장례식을 치르는데 그때가 여름 장마철로 연일 비가 억수로 쏟아졌다. 당시 우리 마을 길은 포장도로였으나, 우리 집 골목으로 들어오는 길 80미터는 포장이 안 된 흙길이었다. 아버지 부고 소식을 듣고 조문객들이 방문하는데 비는 계속 쏟아지고, 주차할 곳도 마땅치 않고 집으로 들어가는 길은 온통 진흙탕으로 정말 상황이 말이 아니었다. 마당에는 천막을 쳐놓고 마을 아주머니들이 음식을 만들어 내고, 비 오는 와중에 몰려드는 조문객들로 집안이 꽉 찼다. 조문객이 절을 하면, 상주도 절을 하는데 하루 종일 절을 하다 보니, 온몸은 땀으로 범벅이었다. 저녁이 되면서 심신이 지쳐버려 몸을 가누기 힘들었다.

그런데 밤 10시 무렵 우리 마을 아래 석산(돌산)을 운영하는 대표가 조문을 왔다. 나와 개인적인 친분이 전혀 없는 분이라 조문을 알리지 않는데, 어떻게 알고 조문을 온 것이다. 그 석산 대표는 평소 돌로 인한 피해 때문에 마을 주민들과 갈등이 있었다. 나는 우리 지역을 대표하는 의원이기에 주민들 입장에서 일을 하게 마련이다. 어쨌든 조문 온 사람을 보낼 수 없어 인사를 받았다.

다음 날 아버지를 묘역에 모시는데 그날도 비가 많이 왔다.

비를 안 맞게 천막을 치고 무덤을 파고 어머니 옆에 아버지를 모셨다.

그렇게 한 여름 장마철에 아버지의 장례식을 무사히 마치고 부의금을

정리하기 시작했다. 그런데 석산 대표가 가져온 봉투에 10만 원짜리

수표 5장이 들어있었다. 그때는 보통 부의금이 2만 원이나 3만 원 하

던 시절이다. 친분도 없고 부고 소식도 알리지 않은 사람이 50만 원이

라는 거금을 부의금으로 낸 것이다. 나는 봉투 채 그대로, 별도로 빼

놓았다. 그리고 삼우제까지 지내고 그 이튿날 의회 사무실에 출근했

다. 나는 곧바로 시청 산림과 주무 계장을 불러서, 이 사람을 알지 않

느냐고 물었다. 계장은 그 사람을 잘 안다고 했다. 나는 이 사람이 부

친상에 와서 부의금을 줬는데, 이 사람에게 이 봉투를 돌려줬으면 좋겠다고 했다. 결국 조의금 봉투는 주인에게 되돌아갔다. 2002년 장마가 뒤덮었던 여름, 폭우 속에서 아버지의 장례식을 무사히 마쳤고 편치 않았던 조의금 문제도 깔끔히 마무리되었다.

서다

터덜거리며 걷는다

산골짝 시냇물 바다로 흘러가듯
저항의 몸짓 무슨 소용 있나

지금 이 순간
바람처럼 구름처럼 가고 있는데

흔들흔들
서다

2006년 선거판의 풍랑 속에서 3선 의원으로 서다

두 번째 시의원 임기를 마친 2006년. 정치권에 심상치 않은 바람이 불어온다. 그것은 강력하고도 미세한, 갑작스럽게 내리는 폭풍우처럼 예상치 못한 균열과 파장을 가져왔다. 한 지역에서 가장 작은 단위에 속하는, 시의원은 기초의원이며 민심과 가장 밀접한 자리에서 민심의 밑바닥을 훑고 다니는 이들이다. 이러한 기초의원을 어떤 방식으로 선출하느냐는 향후 선거 방법에 영향을 미치며 그 파장은 광역

단체장 선거까지 이른다.

2006년 기초의원과 광역단체장을 선출하는 지방선거를 앞두고 '정당 공천제'가 나왔다. 그 해 선거부터 '정당 공천제'가 실시된다는 것이다. 정당 공천제는 각 정당이 공직 선거에 출마할 후보자를 공개적으로 추천하는 제도이다. 이 '정당 공천제'가 입법화되면, 출마하려는 후보자는 그 법에 적용을 받는다. 단, 우리 헌법에 무소속 의원도 인정하고 있기 때문에 만약 정당에서 공천을 받지 못하면 탈당해서 무소속으로 선거에 출마할 수 있다.

2006년 기초 자치제 선거에 처음으로 정당 공천제가 도입되었다. 나는 '정당 공천제'가 입법화된다고 했을 때 반대 의사를 비쳤다. 먼저 지방자치제가 가진 고유의 성격에 안 맞을뿐더러, 시·도의원들이 국회의원의 하수인 역할에 국한된다는 등의 여러 문제점을 제기해 반대 투쟁을 했다. 하지만 입법은 국회의원의 고유권한으로, 결국 '정당 공천제'가 가결되고 확정되어 공표되었다.

어느 날 모교(포천 일고) 산악회에서 수원산을 등반했다. 정상에

올라 김밥과 과일로 점심을 나눠 먹으며 쉬고 있는데 동문회장이 나에게 잠깐 얘기 좀 하자고 하였다. 산비탈 나무 옆에서 동문회장은 "얼마 전 여의도에서 전, 현직 회장과 식사를 했는데, 그중에 의사 결정 권한이 있는 분이 '현직 의원 중에서 자네가 가장 평가가 좋아 공천을 줄 생각이니, 다른 것은 신경 쓰지 말고 지금처럼 의정활동을 잘하라'고 했다."고 전했다. 나는 단순하게 그 말을 믿었다. 하지만 선거 시기가 가까워질수록 공천에 대해 이런저런 얘기가 들렸다. 정확히 확인해 보라는 주변의 권유로 나는 의사 결정 위치에 있는 분과 면담 약속을 했다. 커피숍에서 만난 그분은 "의원님, 인기도 좋고 평판이 좋아 무소속으로 나가도 될 텐데, 무슨 그런 걱정을 하세요?"하는 것이다. 분위기가 심상치 않음을 느꼈다. 이후 한 번 더 만나자고 약속을 했지만 그 약속은 지켜지지 않았다. 나는 주변에서 도와주는 분들, 참모들과 긴급히 만나 상의했다.

"선거는 결국 출마하려는 사람이 결정하는 것이지, 당이든 누구든 타의에 의해 결정되는 것이 아닙니다. 무엇보다 본인의 의지가 가장 중요합니다. 저는 이러한 형태로는 공천받고 싶지 않고 차라리 당당하게 무소속 출마 의지를 갖고 가겠습니다."

나는 그 자리에서 내 의사를 확실하게 표현했고 참모들은 그러면 "무소속으로 가자"고 했다.

나는 정당 정치를 해보지 않은 상태에서 무소속 의원으로 출마한다는 것이 얼마나 어렵고 험난한 길인지 몰랐다. 그저 내가 가진 패기 하나로 시민의 심판을 받겠다고 결심했다. 다음 날 보수 성향 정당(경기도당)의 당원 탈당서를 내고 무소속으로 출마하게 된다. 그 해 지방자치제 선거부터 군내면, 포천동, 선단동 3개 지역구를 묶은 '중선거구제' 제도가 실시되었다. 중선거구제는 선거구를 광역화해 한 선거구에서 2명 이상의 의원을 뽑는 선거제도다. 1개 선거구에서 1명의 대표자를 선출하는 기존의 소선거구제에서 2~5명을 뽑는 중선거구제로 바뀐 것이다. 당시 세 지역구의 인구가 군내면 6천 명 대, 포천동 약 2만 명 선단동 1만 4천 명 정도 되었다. 아무래도 내 출신 지역인 군내면 인구가 많이 적어서 여건이 불리했다. 더구나 막상 선거운동을 하니 무소속의 설움을 톡톡히 느껴야 했다.

정당 공천자는 거대 정당의 든든한 배경을 바탕으로 각종 유세 지원을 받아 선거활동을 펼친다. 한마디로 물적, 인적 자원이 풍부한 것이다. 또한 같은 정당인 시장 후보, 도의원 후보, 시의원 후보가 한데 팀을 이뤄서 지지 세력을 확장하며 유세를 해나갔다. 반면에 무소속 의원인 나는 뒤에 어떤 지원이나 응원 없이 혼자 상가 돌고 시민들을 한 명 한 명 만나면서 외로운 싸움을 해나가야 했다. 우리 지역 여론은 선거 운동 중반까지 내가 상당히 앞서갔다. 그런데 선거가 한창이던 도중에 굉장히 충격적인 사건이 일어났다.

당시 거대 야당인 한나라당 박근혜 대표가 서울에서 선거 유세 도중 커터 칼 테러를 당한 것이다. 한마디로 세상은 뒤집어졌고 여론은 급격히 바뀌어 갔다. 천만 다행히도 박근혜 대표는 수술 후 회복하였지만, 국민들 마음은 한나라당으로 기울어졌다. 이 사건이 있고 나서, 무소속인 내 표가 거대 야당으로 빠져나가는 소리가 들렸다. 내가 2선을 했어도 당선을 장담할 수 없었다. 한 치 앞도 내다볼 수 없는 게 선거라더니, 그냥 마음을 비우고 하늘에 맡기고자 하는 심정이었다.

드디어 선거 날이 다가왔다. 결과는 승리였다. 인구는 가장 적었지만 군내면민들의 압도적인 지지를 받았고 포천시청이 자리한 포천동에서도 많은 지지를 받았다. 중선거구제가 도입된 2006년도 지방선거에서 한나라당 의원과 무소속인 나까지 2명이 당선되었다. 이로써 나는 세 번째로 시의원에 당선되는 쾌거를 올렸다.

포천은 2004년에 시로 승격하였다. 시 승격 후 처음 치러진 선거에서 나는 세 번째 '시의원' 배지를 달고 시의회에 입성했다. 3선이지만 초선의 마음을 잃지 않고 열정적으로 활동하였다. 그리고 2008년 포천시의회 의장에 선출되었다. 포천시의회 수장이 되면서 나는 무엇보다 의회의 대외적 활동에 중점을 두었다. 행정안전부, 국토개발부, 교육과학기술부 등 정부종합청사를 비롯해 경기도청, 국민체육공단, 한국교통연구원 등 중앙 부처와 관계기관을 시의원들과 함께 수시로 방문해서 '찾아가는 시의회'를 만들어나갔다. 구리~포천 민자고속도로, 철도 연장, 약학대 유치, 체육공원 설립 등 포천시의 주요 숙원 사업과 현안 사업을 해결하기 위해 우리 포천 시민을 대신해 발로 뛴 것이다. 나는 2010년 의장을 끝으로 3선 임기를 마친다.

지방의원은 개인의 입신영달을 위한 자리가 아니라 시민들이 뽑아준 선출직 머슴이다. 시민을 대신해서 일하는 참봉사자라는 생각으로 시의회에 들어왔고 12년간 의정활동을 하면서 이런 초심을 잃지 않으려고 노력했다. 우리 고장 포천에서 12년째 시민의 대변자 역할을 해온 나는 어느덧 경험이 풍부한 중견 정치인으로 발돋움했다. 그렇게 포천 시민들의 한결같고 과분한 사랑을 받으며 신뢰받는 사람으로 자리 잡게 된다.

의원 시절, 보람으로 남은 작은 일

12년간 포천시의회 의원으로 활동해 오면서, 보람과 성취감을 느끼고 실패도 경험하는 등 여러 많은 일들을 겪었다. 그중에서 작지만 내 기억 속에 보람으로 남은 일을 소개할까 한다.

시의원으로 있을 때, 포천시 시립예술단을 창단하자는 안건이 올라왔다. 내용을 살펴보니 생각보다 예술단 규모가 상당히 컸다. 예술단장을 비롯해 국악, 무용, 기악 등 몇 개 파트의 단원들로 구성해 총 인원이 40명 정도의 예술단을 운영한다는 것이다. 그런데 이 예술단을 '상임'으로 하겠다는 것이다. 상임은 일정한 일을 계속 맡는 것을 의미하며, 단체가 상임이 되면 단장, 단원 모두에게 월급이 지급된다. 만약 예술단이 상임으로 운영된다면 추정 사업비, 즉 연간 운영비가 막대하게 든다. 우리 포천시의 재정 상황도 그렇고, 포천시에 특별한 예술적 자원이 있는 것도 아니어서, 나는 포천시의 막대한 예산이 들어가는 예술단 운영을 반대했다. 나는 시립예술단을 창단하려면 비상임으로 해야 한다고 끝까지 주장했다. 예술인들이 각자 직업을 가지고 활동하다가 정기적인 예술단 활동을 할 때는 수당을 받는 것이 바람직하지 않을까 생각했다. 결국 포천시 시립예술단은 비상임으로 창단되었고 지금까지 약 20년째 이어오고 있다.

의원으로 있을 때 담배와 관련된 에피소드도 기억에 남는다. 나는 군대에 가서 처음 담배를 배우고 피우기 시작했다. 당시 군대에서 '화랑 담배'가 처음 나왔고, 이후 은하수, 한산도, 거북선 등의 담배가 공급되었다. 그 때 육군 정량이라고, 병사에게 배정된 담배가 하루에 10개 피(담배 반 갑)였다. 담배를 피든, 안 피든 병사 한 사람당 10

개 피가 제공된 것이다. 그때는 마치 간식처럼 담배를 필수품처럼 주던 시대였다. 담배를 안 피던 사람도 공짜로 담배를 얻으니 자연스럽게 피우게 됐다. 나도 그때 습관을 들여서 제대 후에도 피고, 의회에 들어와서도 담배를 피웠다. 완전히 습관이 돼 버린 것이다. 당시 의회 활동은 수당제였고, 즉 무보수 명예직이었다. 그때 의회 민원실에는 커피가 놓이듯, 손님들이 오면 피우라고 담배가 비치돼 있었다. 이 담배는 예산으로 구비한 것인데 애연가인 의원들은 여기서 담배를 가져다 피우곤 했다. 그게 굉장히 자연스러운 시절이었다. 그런데 나는 시민의 혈세로 산 담배를 의원들이 갖다가 피우는 게 맞지 않다고 생각해, 내 사비로 몇 보루씩 담배를 사서 피웠다. 의원들이 손님 접대용 담배를 쓰지 않도록 하기 위해 내가 앞장섰고 애연가인 일부 동료 의원들에게 미운털이 박히기도 했다. 나는 비록 작은 것이지만 시민이 내는 세금으로 기호품까지 지원받는 게 온당치 않다고 생각했다. 그때 동료 의원들에게 미안한 마음이 있었지만 그러한 내 생각은 변함이 없다.

훗날 의장이 되고 나서 세상이 점점 변해가는 것을 느꼈다.

어느 날 의장실에 담배 냄새가 나서 가기 싫다는 민원이 들어온 것이다. 그래서 나는 보건소 가서 금연 클리닉을 신청했고 패치를 지원받아 담배를 끊었다. 그렇게 의장으로 있던 2008년도에 금연을 하고 나니 1년 만에 체중이 10kg가 늘어나는 부작용(?)을 겪었다. 하지만 지금까지도 담배를 끊은 것은 매우 잘한 일 중에 하나다.

포천의 대표적인 정치인이자, 내가 존경하는 분 중에 오치성 장군이 있다. 오치성(吳致成)은 육사 8기로 황해남도 신천군 출신이다. 그는 박정희, 김종필 등이 주동한 1961년 5·16 쿠테타에 참여했고 박정희 정부 시절 내무부장관을 지냈다. 공화당 소속으로 포천·연천·가평·양평의 6대 전국구 의원, 7·8·10대 지역구 의원 등 4선 국회의원을 지냈다. 그는 일찌감치 포천에 터를 잡고 살면서 지역발전을 위해 헌신하며 온화하고 열정이 넘치는 정치인으로 존경받았다.

오치성 장군은 13대 국회의원에 당선됐으나 1980년 신군부가 등장하고 공화당이 강제해산당하면서 정치권과 인연을 끊었다. 그는 당시 "부귀영화 누리고자 정치했던 거 아니다. 내 역할은 이미 끝났다"며 정치재개를 고사했고 이후 미국 하버드대로 유학을 떠났다. 그는 강직한 성품으로 늘 연구실에서 토론만 했다고 한다. 은퇴 후, 제2의 고향인 포천에서 여생을 보낸 그는 포천에서 신망받는 큰 어르신으로 활동하였다.

어느 날 당신의 선거운동을 도왔던 분이 작고하였다. 당시 장관님은 연세도 많고 건강도 좋지 않았음에도 불편한 몸을 비서의 부축을 받아 창수면 장지까지 오셨다. 나는 "장관님, 가랑비도 내리는데 어떻게 여기까지 오셨어요?"라고 여쭈니, 장관님은 "흙이라도 몇 삽 덮어주고 가는 것이 내 마음이 편할 것 같아 왔네."라고 답했다.

잠시 후 상주들의 휘호의 구호와 함께 행해지고 나니, 장관님도 삽으로 흙을 떠서 관 위에 덮고는 부축을 받으며 그 자리를 떠났다. 그 뒷모습이 참 아름답게 보이고 또한 쓸쓸하게 느껴졌다. 그리고 존경의 마음이 들었다. 그 모습을 보면서 정치도 그렇게 따뜻하고 인간적이었으면 좋겠다고 생각했다.

또한 장관님은 우리 지역의 시장, 의원 등 후배 정치인들을 종종 불러서 식사를 대접하고 격려하였다. 나도 덕분에 그와 함께 하

면서 귀한 말씀을 새겨들었으며 그분처럼 좋은 정치인이 되고자 노력

했다. 우리 고장, 포천을 누구보다 사랑했던 정치인 오치성은 2017년

향년 92세로 별세했다. 그는 유언대로 포천 땅에 묻혀있다.

이집트 해외연수에서 얻은 교훈

　의원이 되기 전에 인삼 농사를 두 번 지어 본 경험이 있다. 농사를 짓다 보면 생각지 않은 변수를 만난다. 그러면서 자연이 우리에게 주는 놀라운 섭리와 이치를 깨닫고, 인생의 지혜와 교훈을 얻게 된다. 산에 가면 많은 나무들을 본다. 등산객으로 왔다 가면 그저 흔하디흔한 여러 나무들 중 하나로 지나칠 것이다. 나 역시 그렇다. 농사를 짓기 전까지는 농부의 마음이 아니다. 인삼농사를 짓기 전에, 산에서 떡갈나무를 보아도 무심코 지나치곤 했다. 산에 있는 수많은 나무 중에 하나로 특별할 것이 없었다. 그런데 인삼농사를 하면서 떡갈나무 잎이 인삼이 자라는데 거름으로 좋다는 것을 안 뒤에는 이 나무가 먼저 눈에 들어온다. 산에 가면 잎이 푸르고 윤기가 흐르는 떡갈나무 잎을 유심히 관찰하고, 우리 밭에 거름으로 깔았으면 좋겠다는 마음이 생기는 것이다. 이처럼 농부의 눈에는 농사와 관련된 것들이 보이고, 의원의 눈에는 의정활동에 관련된 것들이 눈에 들어온다.

농부에서 의원이 되고 나니, 외국의 길거리를 걸어도 공공시설물과 장애인 편의시설 등이 눈에 들어온다. 만약 인도에 휠체어가 자유롭게 다니는 모습을 보고, 혹시 작은 턱이라도 있지 않을까. 우리나라는 인도에 턱이 많아 불편할 텐데, 이런 생각이 들며 해외의 경우를 더 자세히 살펴보게 된다. 이처럼 모든 시선과 생각이 공공적인 것으로 바뀌는 것이다.

의정활동을 하다 보면, 임기 4년 중에 한두 번 정도 해외연수를 다녀온다. 의원의 해외 연수는 해외의 역사적 문화유산과 선진국의 문물 등을 견학해 발전 사례를 배우고 안목을 넓히며 의원의 전문성

향상에도 기여하는 등 매우 중요한 역할을 한다. 대다수의 지방 의원들이 본래의 목적에 맞게 해외연수를 떠나지만 일부 잘못된 사례로 인해 해외연수가 세금을 낭비하는 외유성으로 비치고 있어 안타까운 마음이 들기도 한다. 극히 일부 의원의 일탈 행위로 인해 해외연수 자체가 부정적으로 매도되어서는 안 될 것이다. 의원의 해외연수 비용은 시민의 혈세로 쓰이는 것이기에, 의원들은 해외연수 활동이 갖는 무게감과 책임감을 느끼며 연수를 다녀오게 된다. 무엇보다 해외연수가 시민과 공익을 위한 일임을 잊지 않고 최선을 다해야 할 것이다.

15년 전쯤 포천시의회 의원들과 이집트, 그리스, 터키, 3개국으로 해외연수를 다녀왔다. 그런데 당시 의회의 해외연수 비용이 동남아 국가에 다녀올 정도의 예산밖에 책정되지 않아 의원들이 부족한 비용을 자부담해야 했다. 한국에서 매우 멀긴 하지만 유구한 역사와 문화 유적을 가진 이 3개국을 선택했다. 먼저 3박 4일 일정으로 이집트를 방문하였다. 무려 5천 년 전에 찬란하게 꽃피웠던 문화유산을 실제 눈앞에서 본 경이로운 광경은 지금도 인상 깊게 남아 있다. 피라미드, 파피루스, 미라 등 막상 눈앞에서 실물을 보자 감탄하였고 신기한 기분이 들었다. 수천 년 전 이집트의 찬란했던 역사와 문화를 현재의 모습과 비교해 보면서 많은 것을 생각하게 하였다. 카이로의 도시 풍경은 마치 회색도시처럼 죽어있는 느낌을 받았다. 관광 자원과 지하자원은 풍부한데 정작 그 나라의 국민은 가난하게 살고 있음을 현지에서 느꼈다. '왜 이렇게 되었을까?' 하는 의문이 들었다.

버스를 타고 도시 외곽을 달리는데 창밖으로 하천가에 무엇인가 보인다. 가까이 보이는데, 순간 머리를 세게 맞은 듯 충격을 받았다. 물이 흐르는 건지, 고여 있는 건지 하천 한가운데 네 다리는 하늘로 뻗어있고 배는 공처럼 부풀어 오른 말이 물에 둥둥 뜬 채 썩어가

고 있었다. '이 말은 왜 죽었으며 이 하천에 방치돼 있었는가?'

충격적인 모습을 보며 할 말을 잃었다. 지구 상에서 찬란하게 꽃을 피운 4대 문명의 발상지이며 5천 년 전 가장 살기 좋고, 국력이 강했으며 불가사의인 피라미드까지 축조한 나라가 어쩌다가 이 지경이 되었을까? 기나긴 역사 속에서 정부가 부패하였나, 정치 지도자가 문제 있는가, 아니면 국민성이 무너진 것인가, 지금 같은 상황이 왜 일어났는지 수많은 의구심이 머리를 스쳐갔다.

사람은 서면 앉고 싶고, 앉으면 눕고 싶고, 누우면 자고 싶어 한다. 이처럼 더 편한 것, 더 달콤한 것을 찾는 것이 사람의 본능이다. 나라가 태평성대가 되어 모든 것이 풍성해지고 국민들이 편안하고 안락한 생활에 젖다 보면 점점 나태해지고 쾌락에 빠지게 된다. 어느 순간 국민성이 몰락하고, 이러한 과정 속에서 나라가 무너지는 것은 한순간이다. 이 나라의 실상을 접하면서 우리나라를 생각해 보았다. 우리는 불과 몇십 년 전까지 보릿고개와 초근목피로 너나 할 것 없이 배를 곯으며 힘들게 살았다. 한국전쟁 이후, 국가적으로 산업화와 경제

화에 발 벗고 나섰고 우리 부모 세대의 근면, 자조, 협동의 끈끈한 근성과 노력이 오늘의 눈부신 발전을 이루었다.

이집트의 사례를 경험하면서, 한 국가의 지도자와 정치인의 역할이 매우 중요하다는 것을 새삼 깨달았다. 또한 국민성이 붕괴되면 나라 자체가 붕괴되는 것이며, 그 나라는 다시 회복하기가 매우 어렵다. 혹여 라도 지금의 대한민국이 먼 훗날 이집트의 전철을 밟지 않도록 이집트의 사례를 타산지석으로 삼아, 다시 한번 정신을 무장하고 신발 끈을 바짝 조여야 하지 않을까 생각한다.

백문이 불여일견이라고, 이집트, 그리스, 터기 해외연수는 책에서만 알았던 것을 눈으로 보고 체험하면서 많은 것을 얻고 깨달은 시간이었다. 개인이든 국가든 흥망성쇠는 불시에 언제라도 닥칠 수 있다. 더없이 행복하고 태평성대를 누릴수록 더 긴장하고 정신을 바짝 차려야 한다. 나 역시 의정활동을 하면서 정신이 해이해지거나 자만하지 않도록 늘 마음을 다잡는 소중한 계기가 되었다.

갑작스럽게 떠난 인천 여행

3선 의원의 4년 임기가 끝나갈 무렵인 2010년 4월의 어느 날 동료 의원에게 전화가 왔다.

"의장님, 요즘 별일 없으세요?"

"네, 별일 없는데요."

"내일 혹시 일정 있나요?"

"특별한 일정은 없는데, 무슨 일 있나요?"

"일이 있는 건 아니고요, 내일 점심을 함께 할까 해서요."

오랫동안 동료의원으로 활동해 온 그는 나보다 5살이 많고 소속 정당은 다르지만 평소 형님, 동생으로 지내왔다. 다음 날 우리는 포천에서 만났고 중간에 합세한 의원까지 세 명이 바람이나 쐬자며 인천으로 향했다. 인천 월미도에 도착하니 탁 트인 바다가 우리를 반겨준다. 얼마 만에 맞아보는 바다 바람인지, 봄 햇살은 따사롭게 얼굴에 비치고 중장년의 세 남자는 수학여행 온 소년들처럼 설 다. 월미도 바다가 훤히 내려다보이는 어느 횟집에 자리 잡고 앉아 식사를 주문했다. 세 남자가 마주 앉아 회를 먹으며 약주도 몇 잔 씩 오고 갔다. 그러다 나에게 전화를 걸었던 의원이 뜻밖의 말을 꺼냈다.

"요즘 내가 밤에 잠을 못 자고 있네."

"왜요, 형님, 무슨 일이에요? 뭐 근심 있으세요?"

"아니, 다른 건 아니고, 글쎄 의장님 때문에 잠을 못 자네"

"아니, 왜 저 때문에 못 주무세요?"

"솔직히 요즘 겁이 나는 게, 의장이 대꼬챙이처럼 곧은 성품인데, 내사를 받고 있으니 그 마음이 오죽할까 싶어서, 혹시 의장이 잘못된 선택이라도 할까봐 내가 걱정이 돼서 잠이 한숨도 오지 않는 거야."

"형님, 걱정하지 마세요. 제가 아무리 잘못 살았다 해도 스스로에게 떳떳한데, 처자식도 있는 제가 잘못된 선택을 하겠습니까?"

"내가 여태까지 의장의 성격을 봐서는 심지가 여린 사람이라, 그런 억울한 일을 당했는데 혹시라도 어찌할까 싶어서…."

"그런 걱정 안 해도 됩니다. 형님, 저는 세상을 쉽게 떠나지 않습니다."

그렇게 마음을 털어놓으며 술잔을 기울였다. 우리는 2차로 차이나타운에 가서 중식을 먹고 부근의 대형 찜질방에서 잠을 잤다. 다음 날 사우나를 한 후 포천으로 올라왔다.

되돌아보면 정말 고맙고 소중한 인연이다. 형님 같은 의원님의 걱정처럼 나는 그때 인생에서 큰 풍랑을 맞아, 누구에게도 말 못할 고초를 겪고 있었다. 정치판을 떠나 인생에서 누구라도 겪어선 안될 일을 겪어야 했다. 결국 모든 책임과 원망을 고스란히 혼자 짊어져야 했다.

새해

떠나보낸다는 것은
새로움을 맞이하는 것
지나간 한해의 아름다움도 그 순간의 어려움
안타까워했던 마냥 행복했던 슬픔 싫어했던 생각
좋아했던 마음 시냇물에 떨어져 흘러가는 낙엽처럼
이 시간이란 기점(起點)으로
과거라는 뒤안길로 보낸다

눈이 내린다
하얀 꽃눈이 내린다
그 꽃눈 따라 희망과 꿈이 함께 다가온다
가슴 설레는 새벽 바닷물을 밀쳐 내며
붉은 태양이 솟구쳐 올라
내일을 향해 힘차게 나아간다

늘 그랬듯이 모든 소망을 가슴에 담고
내게 오라고 함께 오라고
간절함으로 기도하는 이 시간
새로운 출발

어둠을 뚫고, 다시 출발선에 서다

　아프리카 넓은 초원에 사슴 한 마리가 평화롭게 풀을 뜯어먹고 있다. 어느 날 사슴이 목이 말라 한참을 걸어 강가에 도착했다. 그런데 사슴의 눈앞에 커다란 악어가 배를 뒤집힌 채 시뻘건 피를 흘리며 죽어 있다.

　그때 강 건너에서 지켜보던 사자가 와서 떨고 있는 사슴에게 "너, 왜 악어를 물어 죽였어?" 하는 것이다. 겁에 질린 사슴은 "사자님, 저는 악어를 물어 죽이지 않았습니다." 사자는 "지금 죽은 악어 옆에 너 밖에 없잖아"하며 포승줄로 사슴을 묶어 놓는다.

"제 이빨은 풀밖에 못 뜯습니다. 어떻게 악어를 물 수가 있어요?"

"잔말 마라, 내가 계속 보았는데 악어 시체 옆에 있는 건 너뿐이야."

"아무에게 물어보세요. 사슴이 어떻게 악어를 물어 죽이냐고요?"

"그럼 네가 안 죽였다는 것을 증명해봐."

사슴은 때마침 죽은 악어 옆에 있었다는 이유로, 또 '악어를 죽이지 않았다'는 증거가 없기 때문에 졸지에 가해자가 되었다. 억울해도 사슴의 이야기를 듣는 이는 없었고, 진실은 묻혀 버렸다.

당시에 나는 '사슴'이었다. 아무리 항변해도 악어 옆에 있었다는 이유로 나는 사슴처럼 비참한 운명을 맞았다. '악어 옆에 있었다.'는 증거만 있고 '악어를 죽이지 않았다.'는 증거는 없는 것이다. 비유하자면 내가 당했던 일이 이랬다. 나는 사슴의 처지였다.

사람들은 돈을 빌려 쓰고 갚으면 끝난다고 알고 있다. 상대방에게 피해를 주지 않으면 괜찮다고 생각한다. 하지만 돈을 빌려 쓰는 데 있어 차용증 등 증빙서류를 5년 이상 보관하지 않으면, 또 돈을 꿔줘도 입증하지 못하면 도리어 범법자로 내몰릴 수 있다. 양심은 마음속의 판단 기준일 뿐, 법의 잣대를 들이밀면 상황에 따라 돌이킬 수 없는 처벌을 받는 것이 엄연한 현실이다.

마흔 살에 도전하여 포천군의원에 당선되고 시민들의 과분한 사랑과 성원 속에서 3선을 내리 이어왔다. 의회의 최고 수장인 의장까지 역임한 나는 그때까지 사실 '실패'를 모르고 살았다. 그러다가 주변을 잘못 관리한 탓에 한 순간에 어둠의 나락으로 떨어졌다. 패기 넘치던 지방의 젊은 정치인에서 관록의 정치인으로 존경받으며 파죽지세로 달려온 인생에 제동이 걸렸다. 갑작스럽게 내게 닥쳐온 시련은, 끝이 보이지 않은 어둠 속의 터널이었다. 험난한 파도를 온몸으로 맞으며 혼자 감당해내야 했다. 결과적으로 10년이라는 세월을 어두운 터널 속에 갇혀야 했다.

지난 시절, 20년 넘게 새마을지도자, 농업경인인으로 다양한 사회활동을 해왔고 시민들이 세 번이나 뽑아준 시의원으로 12년간 의정활동을 해왔다. 이 모든 것이 나를 항상 신뢰하고 지지해준 시민들의 과분한 사랑 덕분이었다. 그러한 시민들의 사랑과 성원에 보답하고자 나는 그간 쌓아온 경험과 경륜을 바탕으로 새로운 도전에 나설 참이었다. 우리 포천시를 권역별로 개발계획을 수립해 균형 있는 발전을 꾀하고, 모든 시민이 행복하게 살아가는 포천의 미래를 꿈꾸며 포부를 키우던 때였다. 그런 나의 포부와 계획이 거기에서 멈춰버렸다. 50대 초반에 일어난 일이다. 50대면 한창 사회에서 중추적인 역할을 하며 왕성하게 활동할 나이가 아닌가. 결국 그 일로 인해, 나는 잠시 멈췄다. 주도적으로 나서기보다, 물밑에서 숨을 고르며 여전히 내가 해야 할 일을 찾으면서 부지런히 활동했다.

2010년 이후 어느덧 10년의 세월이 훌쩍 지났다. 그때 내가 사람을 쉽게 믿고 행동한 것, 나의 주변 관리에 더욱 엄격하지 못한 것, 현명하지 못했던 내 처신 때문에 그런 일이 벌어진 것이라 생각한다. 그래서 아무도 원망하지 않는다. 그때 조금이라도 내가 양심에 찔리는 일을 했다면 벌써 이 세계를 떠났을 것이다. 스스로가 떳떳하기에 나는 변함없이 시민들 앞에 다시 서고자 한다. 내가 젊은 날을 바쳐 사방으로 뛰어다니며 온 열정을 다한 일, 예전이나 지금이나 변함없이 하는 일, 그것은 바로 시민과 공익을 위한 활동이다. 젊은 날도 그랬고, 지금까지 그래 왔듯 나는 영원히 시민의 봉사자로 남을 것이다. 지난 10년 동안 시민이 있는 곳이라면 어디든 달려갔다. 그렇게 포천 시민과 함께 하면서 시민들 속에서 울고 웃었다. 여전히 우리 지역에서 공익을 위한 일, 시민을 위한 일이라면 발 벗고 나서 내 역량을 발휘하였다.

세계적인 정치인 윈스턴 처칠은 "절대로 포기하지 말라"고 했다. 단순하지만 곱씹을 만한 진리다. 초원 위의 평화로웠던 사슴이 엄청난 불행을 겪었듯, 나 역시 사슴이 되어 큰 시련을 겪었다. 하지만 그 시련과 고통에서 빠져나오지 못했다면 지금의 나는 없을 것이다. 모든 시련과 고난, 반대로 환희와 영광도 모두 내 운명인 것이다.

그러니 인생에 절대 포기란 있을 수 없다. 내가 확실히 말할 수 있는 건, 나는 그동안 최소한의 양심을 가지고 살았다는 것이다. 나 스스로가 털끝만큼도 부도덕한 일을 했다면 나는 진즉에 이 세계에 없다.

양의 탈을 쓴 늑대처럼, 어떤 경우에 거짓은 '진실'의 탈을 쓰고 나타난다. 진실의 탈을 쓴 거짓은 눈을 가리고 귀를 막으며 사람들을 속이겠지만, 언젠가는 거짓이 탄로 나고 진실은 반드시 드러날

2008.01.17. 해상유출사고 지원봉사(개도항)

2009.01.06.포천~우리 민자고속도로 조속한 추진을 위한 궐기대회

것이다. 나는 진실이 거짓이 이기는 세상, 양심과 정의가 살아있는 세상을 믿는다. 그러한 믿음이 있기에 나는 묵묵히 10년의 세월을 견뎌 왔다.

내 생애를 통틀어 궁극적인 삶의 목표는 여전히 시민과 공익을 위해 헌신하는 것이다. 우리 포천시와 시민을 위한 일이라면 어느 위치에 있든, 나는 시민의 명령에 따를 것이다. 내 개인의 명예가 아닌, 시민이 부른 머슴으로서 우리 포천시를 위해 뛰는 진정한 봉사자가 될 것이다. 우리 지역의 참 일꾼으로, 그렇게 초심을 잃지 않고 내가 가진 역량을 펼쳐 나갈 것이다.

시민을 위한 희생과 헌신, 봉사의 삶은 내 숙명이다. 내가 걸어왔던 길 그대로, 앞으로도 그렇게 변함없이 이 길을 걸어갈 것이다. 지난 10년과 다른 점이 있다면 그동안 접어두었던 날개를, 이제는 활짝 펴고 비상하고자 한다. 2022년, 나는 지금 출발선에 서 있다.

세월

새잎 같은 아이
바람이 불어도 하얀 뭉게구름
머무는 줄 알았습니다

초록빛 젊은 날
어두운 밤 없어도 붉은 태양
비추는 줄 알았습니다

곱게 물드는
거울 속 나 어느덧 이곳에
서있는 줄 알았습니다

모두 떠난 광야
하얀 눈 내리는 날
머나먼 이별 여행 떠나야 함을
이제야 알았습니다

코스모스

스치는 실바람도 가누지 못하는 사랑
파란 하늘 아래 살포시 노오란 보조개 웃음 짓네

너무 예뻐서 입맞춤하려다 흠칫 놀란 맑은 눈
부끄러운 마음 돌린 얼굴 돌리네

해 질 녘 석양빛 머언 길 재촉하면
붉은 노을 속에 나를 감추네

Over a Wall Prose
8

인지생략

출발선에 서다

2022년 1월 10일 초판 1쇄 인쇄
2022년 1월 20일 초판 1쇄 펴냄

글·사진 | 이중효
펴낸이 | 송계원
디자인 | 송동현 정선
제 작 | 민관홍 박동민 민수환
펴낸곳 | 도서출판 담장너머
등 록 | 2005년 1월 27일 제2-4102
주 소 | 11123 경기도 포천시 화현면 달인동로 89-1
전 화 | 031-533-7680, 010-8776-7660
팩 스 | 031-534-7681
이메일 | overawall@hanmail.net
카 페 | http://cafe.daum.net/overawall

ISBN 89-92392-64-8 03810
값 10,000원

* 파본은 본사나 구입하신 서점에서 교환해드립니다.